# 君と、あの星空をもう一度

五十嵐美怜

本書は書き下ろしです。

# Contents

Seeing that starry sky with you again

イラスト／とろっち

# 君と、あの星空をもう一度

Seeing that starry sky
with you again

まるで何光年も離れた星のように遠く、まぶしい君。
記憶の中の光を目指して歩いてきたわたしは、その明るさの変化に戸惑ってしまう。
……だけど。
「紘乃(ひろの)」
どれだけ月日が流れても、変わらないものがきっとある。
わたしの名前を呼んでくれた声の優しさは、あの頃と同じだった。
あの日の約束を叶えるため。
もう一度、君の笑顔を取り戻すため。
——何度でも、恋焦(こ)がれた星に手を伸ばすんだ。

# プロローグ

――春は『出会いと別れの季節』なんて言うけれど、それを二年連続で経験するのは少しめずらしいと思う。

わたし・斎藤紘乃は、高校二年生になるのと同時に、入学した高校から別の学校に転入することになった。

「紘乃ー？　駅までの道、わかるのよね？」

「うん、この辺の道はさすがに覚えてるよ。電車降りてからはスマホでマップ見ながら行くし、一応早く出るから」

二年生なのに真新しい制服に袖を通しながら母と話す。濃い赤色のリボンと灰色のブレザーは小学生の頃に町で見かけてこっそり憧れていたから、鏡に映る自分を見て嬉しくなった。

そう、わたしは元々この若葉市で生まれ、幼少期を過ごした。

小学四年生の秋に父の仕事の都合で遠くの県へ引っ越しをした。そして父がまた元の支社に勤務することになり、一家三人でこの町に戻ってきたのだ。

……七年ぶりのふるさと。

落ち着く気持ちと緊張が入り混じるような、不思議な感覚に包まれている。

決して都会ではないけれど、田舎とも言い切れない地方の町。駅前は少し栄えているし、電車に二十分ほど乗れば新幹線の駅に出られるから、アクセスはいいほうだと思う。

何より、小高い山に囲まれていて緑が多いのも気に入っている。町には『本当の空が見える町』というキャッチコピーがついているのだけれど、高い建物が少ないせいか空が広く澄み渡って見える。

「それにしても、若葉西高なんてやっぱりちょっと遠かったんじゃない？」

母が自分の身支度をしながら少し不安げに言った。

徒歩＋電車＋徒歩で、およそ一時間。それよりも近い高校だっていくつかある。

……でも、わたしが若葉西高を選んだのには、『ある理由』があった。

「平気。前の学校と偏差値も近かったし、転入試験の難しさも丁度よかったじゃん。制服も可愛(かわい)いし」

今の返事の半分くらいは嘘(うそ)だ。制服が可愛いのは本当。試験は……正直なところ少し無理をした。母とは友達のような関係だけれど、詮索(せんさく)されたくないことだってある。それが子どもっぽい理由なら、尚更。

「紘乃がいいならいいけど」と頷いた母に笑顔を向けて、少しかかとがすり減ったローファーを履いて玄関を開けた。

「行ってきます」

「行ってらっしゃい、気をつけてね」

雲ひとつない青空に、桜の花びらが舞っている。

まるで新しい朝を祝福してくれているみたいだ。

懐かしい町の風景。何度も通った、秘密基地までの道。

『こんな空気が澄んでる日は、星がよく見えそうだよな！』

ふと、記憶の中の『彼』が無邪気に言う。

一人で歩いているのに思わずクスッと笑ってしまった。

（……彗、元気かな）

頭の中に浮かぶのは、星が好きだった幼馴染の顔。

同じ歳の村瀬彗は、小さい頃同じマンションに住んでいた男子だ。

幼稚園の組も同じで、小学校はわたしが四年生で転校するまでずっと同じクラスという偶然続き。自然と一緒にいる時間は多くなって、まるできょうだいのように近くで過ごした。

明るくて、リーダーシップもあって、ちょっと強引なところもあるけどいつも教室の中心にいた彗。男子の友達がたくさんいたし、『○○ちゃんは彗のことが好き』という話も何度か聞いた。バレンタインにチョコをもらっているのも見た。

『彗くんと幼馴染だなんて、いいなぁ』

あの頃、同級生の女子たちに何回そう言われただろう。

それでも少女漫画のようにやっかまれていじめられることがなかったのは、きっとわたしがみんなから見てパッとしない女子だったからだと思う。

見た目も普通、成績も普通、特技という特技もない。

昔から揉めたり争ったりすることが苦手で、例えば他の子とやりたい委員会がかぶったら平気で譲る性格だった。

よく言えば親切だけど、悪く言えば消極的。

『紘乃は、諦めるのが早いよなぁ』

彗にも、両親や学校の先生にもそう言われたことがある。そんな性格は今でも変わっていない。だって、本気で追いかけてもダメだったら？　とやる前から考えてしまう。

小学生だというのに好きなことも夢もなかった、つまらないわたし。

彗はそんなわたしの手を引き、自分の趣味の天体観測に連れ出して、星を観(み)ることの楽しさを教えてくれたのだ。

わたしが引っ越すときにはお互いに肩を震わせながら泣いて、また絶対に会おうと約束をした。絶対なんてない。そう思っていたのに、彗が言うと本当に再会できるような気がしたから不思議だ。

連絡先もSNSのアカウントも知らない。手紙だって出していない。

それでもたまに、心の片隅(かたすみ)で彗の笑顔や約束を思い出していた。

体が成長したからなのか、駅までの道は思っていたよりもあっという間だった。

若葉市行きの電車はスーツ姿の人たちで少し混んでいる。窓の外を眺めながら揺られているとポケットの中のスマホが震えた。

【紘乃、おはようー！　ついに新しい学校だねぇ。紘乃いなくてさみしい～】

見ると、つい先日まで通っていた高校の友達・真央(まお)からメッセージが届いていた。続けてポコポコと、泣いている猫のスタンプが送られてくる。

【おはよう！　わたしもさみしいよ～。てか不安しかない】

涙目の顔の絵文字をつけながら返事をする。真央は中学も高校も一緒で、なんでも話せる親友だ。家族には言えない悩み相談や、恋愛の話もたくさんした。中学のときから同じ彼と付き合っている真央とは対照的に、わたしに恋人ができることはなかったけれど。

【でも紘乃って人見知りしないし、すぐ友達できるよ!】

【だといいなぁ。報告するね】

【うん。うちも新しいクラスで友達できるように頑張る】

【お互いがんばろ】

そんなやり取りをしながら電車を降りて、スマホで道を調べながら高校までの道を歩く。

駅の周辺は駅ビルやファストフード店があって賑やかだけれど、学校に近づくにつれだんだんと建物が少なくなっていった。

桜並木に彩られた緩やかな坂を登って、辿(たど)り着いた高校。

転入試験を受けるときに一度だけ入ったことがあるけれど、相変わらずきれいな校舎だ。

どうやらだいぶ早く登校しすぎてしまったようで、学校の門は開いているけれど人の気配は少なかった。

記憶をたどって来客用の玄関から入る。勇気を出して事務室に声をかけた。

「お、おはようございます。今日から転入する、斎藤紘乃です」

「ああ! ごめんなさいね、出迎えに行けなくて。靴箱も何もわからないわよね」

わたしに気づいて出てきてくれたのは、転入試験のときに対応してくれた事務の女の人だった。

転入生ではあるけれど、クラス替えのある新学期なので普通に席に着いていていいとのこと。漫画でよく見るような、黒板に名前を書かれて自己紹介……というのを想像していたので、ちょっと緊張が解けた。

「斎藤さんは二年三組ね。教室は、今いる校舎の三階です」

二年生の教室は最上階、三年生の教室は二階に並んでいるらしい。二、三年生は一度教室に集まってから始業式を行うと教えてくれた。

「他に、学校のことで聞きたいことはある？」

親切そうな事務の人の言葉に甘えて、転入試験のときから気になっていたことを尋ねてみた。

「あの、この学校に天文台があるって聞いたんですけど、どうやって行くんですか？」

……そう、わたしがこの学校を転入先に選んだ理由は、『校舎に天文台がある』と知ったからだ。

引っ越しが決まってから自分の学力に合う偏差値の高校を探していたわたしは、ネットで若葉西高校の天文部の活動記事を見つけた。

彗の影響で星を観ることが好きになったわたしは、引っ越してからもよく夜空を眺めていた。悲しいことやうまくいかないことがある度、星をぼーっと見つめる。そうすると自分の悩みなんかちっぽけなものだと思えて、心が落ち着いてくる。そのうち一人でプラネタリウムに行ったり星空の写真集を見たりするようになり、初めて趣味ができたと自分で喜んだほどだった。

天文台がある高校なんて他に聞いたことがない。ネットで見た活動の様子も魅力的だった。

それに、もしかしたら彗もこの学校に進学しているかも、という考えがなかったわけではない。同じ天文部で、またあの頃のように楽しく星を観ることができたら。そんな淡い期待を親や先生に話すのはなんだか照れくさく、内緒にしながら転入試験の勉強を頑張ったというわけだ。

わたしの質問に事務の人は首を傾げてから、手で小槌を打つ。

「ああ、確か旧校舎にあるのよね。普段あんまり行くことがないからパッと出てこなかったわ」

「旧校舎……」

今いるのが本校舎で、渡り廊下の先にあるのが旧校舎。旧校舎に普通の教室はないけど、資料室などは今も使われているらしい。

「天文台が気になるの？」

「はい。わたし、天文部に入ろうと思ってて」

そこまで話したところで、事務の人は再び固まってしまった。そして、

「そうよねぇ。天文台があるんだから、天文部だってあるわよね」

と、納得したように言った。

「ごめんなさいね、わたしも去年からこの学校に勤め始めたばかりで。天文部はちょっと聞いたことないけど、他の先生に確認しておくわね」

「は、はい……。ありがとうございます」

苦笑いする彼女にお礼を言って、とりあえず自分の教室に向かうことにした。

普通、天文台とか天文部とか、他の学校にはあまりないものがあったら印象に残るはず。期待していたのとは違う様子に戸惑いながら三階まで上がると、先ほど聞いた渡り廊下があることに気づいた。

覗き込むと、少し古い雰囲気の旧校舎が見える。棟の屋上に半円がくっついているのがわかった。学校の正面に立ったときは見えなかったけれど、あれがきっと天文台だ。

真新しい制服のポケットからスマホを取り出して時間を見る。始業式まで三十分以上あ

った。

事務の人の微妙な反応が気になっていたわたしは、辺りに誰もいないことを確認してから渡り廊下に足を踏み入れた。立ち入り禁止にはなっていなくても、転入初日の学校をウロウロしていると、いけないことをしている気分になる。

旧校舎には四階に上がる階段があり、ゆっくりとそれを上っていく。

見えてきたのは、白い扉。

そこには掠れた文字で『天文部』と書いてあった。

『夜が暗ければ暗いほど、星ってきれいに見えるじゃん。そう考えたらちょっとくらいの暗闇も悪くないって思わない？』

――思い出すのは、わたしが星を好きになるきっかけになった、彗の言葉。

それは北極星のように心の中で光って、わたしのことを導いてくれた。暗闇は何かを輝かせるための演出なのだという。

あの頃はよくわからなかったけど、大人に近づくにつれてだんだんわかるようになってきた気がする。その言葉と照れくさそうな彼の表情は、いくら時間が経っても忘れることのできなかった大切な記憶だ。

……ねぇ、わたし、帰ってきたよ。
この町を離れてからも、夜空を見上げることが好きだったんだ。
彗は今も、星が好き？
あの夏に交わした『約束』を、まだ覚えてる……？

〝カタッ〟
「！」
扉の前に立って昔のことを思い出していると、中から物音が聞こえた。
もしかして、誰かいるのだろうか。
先生か生徒か、どちらにしても鉢合わせたら気まずい。
とっさに引き返そうとしたけれど。
〝ヴー〟
左手に握りしめていたスマホが軽い音を立てる。
画面が明るくなって表示されたのは、真央からのメッセージ。
【そういえば、例の彼には会えたの？】
「なっ……」

その文章に動揺したわたしは思わずスマホを落としてしまった。その場でゴトッと音が鳴る。慌てて拾って、画面が割れていないのを確認してホッとした、そのとき。

ガチャリと音がして、天文台の扉が少しだけ開く。

「あ」

驚いてつい漏れてしまった声と、

「誰?」

という低い声が重なった。

顔を上げると、扉の隙間からわたしを見下ろしている男子がいることに気づいた。

少し癖のある黒い髪に、鼻筋の通った高い鼻、薄い唇。

背が高くて細身で、足がスラッと長い。制服を着ているから先生ではなく生徒だ。

驚きに見開かれた形のいい目と、視線が合う。

——その瞬間、思い出の中に吸い込まれるような、そんな感覚がした。

……背も、声も、顔の形も、あの頃とは全部違う。

それでもその深い目の色や面影を、忘れるはずがなかった。

「……彗?」

ぽろっと、まるで息を吐くみたいに自然に口からこぼれ落ちた名前。

目の前の彼はぴくりと眉を動かして、それからこちらをじっと見てきた。

——一、二、三。

時間が止まったような三秒間の後、その唇がゆっくりと開かれる。

「紘乃……？」

戸惑ったような、でもわたしだと確信しているような、そんな声色。

……どうしよう。ただ自分の名前を呼ばれただけなのに、なぜか涙が出そうになった。

目の前にいるのは紛れもなく……離れ離れになった、大切な幼馴染だ。

もしかしたら、彗も天文部があるこの学校に進学しているのでは。そんな期待がゼロだったわけではなかった。でもまさか、本当に。しかもこんなにいきなり顔を合わせるなんて。

驚きと喜びと緊張が入り混じって、自分の心臓の音が速くなっていくのがわかる。

「ひ、久しぶり」

わたし、うまく笑えてるかな。いつか再会できたら話そうと思っていたことがたくさんあったはずなのに、いざ彗を目の前にするとうまく言葉が出てこない。目を泳がせるわたしに、彗は眉間のシワを深くして言った。

「……なんで紘乃がここに？　てか、本当に紘乃？」

そんなふうに戸惑うのも無理はない。小学生のときに引っ越したはずの幼馴染が、なんの予告もなく目の前にいるんだから。しかも、自分と同じ学校に。

「うん。今日からここに通うことになったの」

「は？」

「びっくりしたよね。お父さんの転勤があって春からこっちに戻ってきたから」

「そう、だったんだ」

どうやら本当にわたしだとわかってくれたようだ。ホッとしながら、うなずいた彗の姿を改めて見る。

彗、かっこよくなったな。昔はわたしのほうが少し背が高かったのに、今は見上げるほど大きい。声なんて知らない人のように低くなった。だけど『ひろの』と呼んでくれるときのトーンは同じだ。

それが嬉しくて無意識に一歩踏み出す。そんなわたしと距離を取るように彗が一歩後ずさった。気のせいかなと思った瞬間、念願だった天文台の中の様子が目に入る。

部屋の中心にあるのは、大きな望遠鏡。白い布が被せられたそれは、まるでプラネタリウムに設置されているもののようだ。ネットで写真は見ていたけれど、間近で見ると迫力がある。

「そっか。やっぱり彗も天文部目当てでこの学校に入ってたんだね」

ここで偶然再会できたことを、子どもの頃のわたしが知ったら『運命みたい』と喜ぶかもしれない。

……けれど。

「いや、別に。俺、天文部の部員じゃないし」

耳を疑う、という慣用句はこういうときに使うらしい。

この学校に進学して、天文台にいたのに、部員じゃない……？

「そうなの？　中にいたから、てっきり」

戸惑っていると、彗は困ったような顔でわたしから目をそらした。

そして、さらにショックなことを口にする。

「てかこの学校、天文部はもう活動してないって」

「え……」

それを聞いて、事務の女の人とのやり取りを思い出した。そもそも天文部が活動していないから彼女は首を傾げていたんだと気づく。それならあの反応にも納得だけれど……。

「なんで……」

ぽろっと漏れてしまった疑問に、彗はボソッと言った。

「普通に、部員がいないから仕方ないんじゃない」

「そんな」

「それに天文台の維持も大変だから廃部の予定だって聞いたけど」

淡々と、台本か何かを読むみたいに話す彗。

まるで天文部のことなんてなんとも思っていないように聞こえて、不安と疑問が渦巻く。

たとえ他に部員がいなくても、わたしが知っている彗なら、率先して部を立て直しそうなのに。

……七年も経っているし、趣味や性格が変わるのも無理はないのかもしれない。

だけど、この学校に進学していて、天文台で会ってしまった以上、彗もやっぱり天文部に入るつもりだったのではと思ってしまった。

「……わたし、天文部があると思って、この高校選んだんだ。だから……」

「紘乃」

言葉を遮られて、何か嫌な予感がした。

おそるおそる目を合わせると彗もまっすぐにわたしのほうを見て、それからゆっくりと視線を外した。

「……俺はもう、星は観ないから」

ぽつり、そう言って彗は苦笑する。

その顔を見たら心臓がギュッと握りつぶされた気がした。

彗は星や夜空が嫌いになってしまったのだろうか。

なぜそんなに悲しそうな顔をしているんだろう。

聞きたいことが一気に溢れてきてまとまらない。固まっていると、彗は自分のカバンを持ってスタスタとわたしの横を通り抜けていく。

すれ違いざまに、「ここ、鍵は壊れてるけど、勝手に入ったのが先生にバレたら怒られるから気をつけて」と教えてくれた。

ふわりと香る暖かな太陽のようなにおいは、昔のまま。

無意識に彗の制服の袖を掴むと、彗は大げさなくらいに体をはねさせた。

「何？」

感情のないような目で見下ろされて思わずパッと手を離す。

もう行きたいんだけど、と言わんばかりの態度だ。

「……ううん」

聞きたいことも言いたいことも山ほどある。

だけど、その目を見たら言葉が出てこない。

彗は「そう」と呟(つぶや)いて、今度こそ天文台を出て行った。壊れているらしいドアが鈍い音を立てて閉まる。

――一人残された、天文台の中。

やりきれない気持ちが溢れそうで、わたしは自分のこぶしを強く握りしめた。

# 1　あの夏の約束

「斎藤紘乃です。今年からこの学校に転入してきました」

始業式と今後の予定の説明が終わり、クラスでの自己紹介の時間になった。ほとんど知らない顔に見つめられて、緊張しながらもなんとか笑顔で話す。

ただ一人の知っている顔――彗は、無表情で窓の外を眺めている。

「えっと、趣味は音楽を聴くことと……星を観ることです。早く皆さんと仲良くなれたら嬉しいです。よろしくお願いします」

勇気を出して星のことに触れたら、彗がチラッとこちらを見た気がした。

そう、彗もわたしも、同じ二年三組だったのだ。

あの後、教室で再び顔を合わせた彗は、どこかバツの悪そうな表情をしていた。小学生ぶりに再会した相手と同じ学校・同じクラスになるなんて奇跡みたいな偶然のはずなのに、そんな態度をとられたらガッカリしてしまう。

とはいえ、出席番号順で教卓の目の前の席だったわたしと窓際の席の彗では関わる機会が少なそうだ。彗はホッとしているかもしれない。

自己紹介は進み、彗の番がやってくる。わたしはあからさますぎないように窓際に体を向けた。

「村瀬彗です。帰宅部で、放課後はバイトしてます。趣味は……特にありません」

無表情で話した彗にパラパラ拍手が起こる。

それだけ？　と思ったのは、この空間でわたしだけだろうか。

小学校の頃の彗は、活発でおしゃべり好きで、受け身だったわたしをぐいぐい引っ張ってくれるタイプだった。自分のことを話すのはもちろん、わたしの意見も聞いたり質問してくれたり、とにかく場の空気を作るのがうまかったのだ。おかげで彗との会話は楽しかったし途切れることもなかった。

でも、再会した彗は、打って変わっておとなしい印象になっている。

おとなしいというより『クール』のほうが近いかもしれない。男子の友達はいるようだけど、相手の言葉に必要最低限の言葉で返事をしているだけに見える。どんなに会話が盛り上がっても、なんとなく目の前の相手と線を引いているように感じた。

彗の変化を少し寂しく思いながら、クラスの名簿を眺める。

ここは理系クラス。男女比は７：３で、女子が圧倒的に少ない。担任の先生が来るまでの間や体育館への移動時、ほとんどの女子は一年のときに同じクラスだったらしき人たち同士で固まっていた。

つまりわたしは、現段階で『ぼっち』だ。

朝のラインで真央はわたしのことを『人見知りしない』と言ったけれど、それはわたしが好き嫌いを表に出さないようにしているからだ。

小学校で転校したときは、とにかくニコニコしていたらすぐにグループに交ぜてもらえた。中学校でも、先月まで通っていた高校でもそれなりに友達ができて、楽しい女子高生ライフを送っていたと思う。

新しい環境ではきっと、最初の印象が肝心。話しやすそうな雰囲気を作り、話題を合わせる。それを無理なく続けられそうな人と仲良くなる。少しばかり自分を殺したとしても、無難な日々を送るにこしたことはない。

そう思いながら登校してきたけれど、ここまで女子が少ないと選択肢も狭まる。

(友達、できるかな)

小学生のような不安が顔を出し始めて、心の中でため息を吐いた。

「クラス委員、男女各一名。こういうのはクジや指名で無理にやらせるもんじゃないからな。男子は男子、女子は女子で集まって決めてくれ」

先生の言葉で、みんなが立ち上がった。

女子は廊下側、男子は窓側のほうに集まるらしい。邪魔そうな顔で見られたので、わたしも慌てて席を立つ。四十人中、女子はわたしを入れて十二人しかいない。

「ジャンケンする？」

「まだみんなのことよく知らないから、推薦も微妙だしね」

みんなで困ったように顔を見合わせる。特に転入生のわたしに視線が向いている気がして、とっさに愛想笑いをした。

「クラス委員って結構忙しいんだっけ？」

「授業の号令とかでしょ？」

「あー、でも行事のときはまとめ役とかやるんじゃなかったっけ。放課後に結構集まってたイメージだけど」

誰かのその言葉に、みんなの顔がさらに曇る。

「放課後かぁ……。うち、バイトあるんだよね」

「あたしもー」

「わたしは部活休めないんだ」

「あー、バスケ部は強豪だもんね。こっちの部も、なかなか休めそうにはないなぁ」

チラチラと互いの顔を見ながら、できない理由をそれぞれ話していく。結局何も言わなかったのは、わたしと、隣に立っていたロングヘアの子だけだった。

「二人は？　林さんと……転入生の、えっと」

「あ、斎藤紘乃です」

「そうそう。斎藤さん」

さん付けに距離を感じて悲しくなりながら横を見る。

『林さん』と呼ばれたロングヘアの彼女は、同じ歳とは思えないくらい大人っぽい。

「ごめん。わたしも、放課後忙しい」

林さんは無表情のままそれだけ言って黙ってしまった。

「そ、そうなんだ」

美人が黙ると迫力がある。他の女子たちは一斉にわたしに視線を向けてきた。

「でも、転入生にいきなりやってもらうのもかわいそうだよね」

わたしはみんなみたいにバイトをしているわけでも部活に入っているわけでもないからスケジュール的には適任だけど、右も左もわからない自分がやったら逆に迷惑をかけてしまうんじゃないかと思ってしまう。そこはみんなも気を遣ってくれているようだ。

「林さんってバイトとか部活やってたっけ？」

その質問に林さんの眉がぴくりと動いた。そして彼女は口を開く。

「バイトも部活もやってない。けど――……」

そこまで言って口をつぐんでしまった。どうやら理由は言いたくないらしい。

それを見てみんなが困った表情を浮かべるけれど、視線は林さんに向いたまま。林さんはどこか不安げな顔をしているから、本当に都合が悪いのかもしれない。

「とにかく、委員やってる時間はないんだ。ごめん」

理由は述べないままそう主張する彼女に、誰かが「それはみんな一緒だよ」と呟いた。場が一気に険悪モードになりかける。

クラス委員なんて絶対に面倒くさい。でもこの雰囲気じゃ決まる気配がないし、みんなの中では『林さんかわたしにやってもらいたい』という流れになっているんだと思う。

「……あの、わたしでよかったらやるよ」

片手を軽くあげてそう言ったら、みんなは驚いた顔でこちらを見た。

「え、大丈夫?」

「うん。学校のことなんて何日か過ごせば慣れると思うし。わたしは今のところ放課後の用事はないから」

笑顔で言ったら、みんなホッとしたように頷いた。

誰かがやらなきゃいけないことだし、クラス委員になったことをきっかけに友達もできるかもしれないし。きっとこれでよかったんだと、自分で自分に言い聞かせながら先生に報告に行く。

人数が多い男子は、どうやらジャンケンで決めているようだった。

「女子は斎藤……って、大丈夫か？　斎藤は転入したばかりで学校のこともよくわからないだろう」

先生の言葉に大丈夫だと思いますと微笑む。

今からもう一度決めることになって、みんなのがっかりした顔を見たくない。自分の負担よりも誰かに悪く思われるのが怖いという気持ちが勝つ。わたし一人が少し我慢すればいいんだと、諦めにも似た感情がわく。

女子の委員がわたしだと聞いた男子たちが固まった。学校のことを何も知らない初対面の女子と組むのは余計に面倒だと思ったのだろうか。

男子のジャンケンは残り四人。その中には彗の姿もあった。

もしも彗と組めたら話すチャンスが増えるかもしれない。

でも、彗と二人で委員なんて、気まずいだろうか？

ハラハラしながらジャンケンの結果を待っていると。

「……やっぱいいや。俺、やるから」

スッと手を挙げた彗がそう言った。残りの三人は顔を見合わせて「マジで？」と戸惑っている。

「うん、お前らバスケ部とか野球部だろ？　結構忙しそうじゃん。それと比べたら俺は部活入ってないし、バイトは調整できるから」

今、彗がチラッとこっちを見たような気がする。

「まじかよ、村瀬最高だな」

「今度なんか奢る！」

「じゃあ購買のグラタンパン」

「あれ競争率高いやつじゃん、頑張るわ」

「おー」

彗はみんなに感謝されながら教卓のほうへ歩いてくる。

「村瀬、斎藤は転入生でまだ慣れないところもあるが、よろしくな」

「ああ、はい」

先生の質問に何でもないことのように返事をしてホームルームの記録簿を受け取る彗と、教卓の上で視線が交わった。

「とりあえず俺が進めるから」

「う、うん」

もしかして、他に知り合いのいないわたしのために立候補してくれたのだろうか。

だとしたら嬉しい。思えば彗には、昔からこういうところがあった。自分の好きなように振る舞っているように見えて、実は相手や周りのことを考えて行動しているのだ。

そして——そんな彗のことが、わたしは好きだった。

もちろんそれは小学生のときに抱いた淡い感情だし、中学では気になる人もいた。でも今、初恋の相手の優しさに触れて、少しだけ心臓が高鳴る。

「あの。彗、ありがとう」

「何が」

「何って、クラス委員、一緒にやってくれること」

ホームルームを終えた後、席に戻る前に小声でお礼を伝えると、彗はぼそっと呟いた。

「いや、別に」

こっちを見ないままの返事。

まるで話したくないとでもいうような態度を取られて、わたしはまた何も言えなくなってしまう。わたしのため、だなんて、とんだうぬぼれだったようだ。そのまま彗は自分の席に戻って窓の外を眺め始めた。

……もう、あの頃の彗ではない。それはわかっている。

それなのに、どうしても完全に割り切ることができない。

わたしの心の中にいる彗があまりにもまぶしく笑うから、ついその光を思い出してしまうのだ。

*

『紘乃ー。迎えにきた！　行こうぜ』

群青色に染まった空に一番星が瞬いて、だんだんと夜が降りてくる。そんな時間になると彗はわたしの家のチャイムを押して、天体観測に誘ってくれた。

星を観に行くときは、四歳上の彗のお兄さん・昴くんも一緒。昴くんは物知りで、勉強も運動も得意だった。わたしも彗も、そんな昴くんに憧れていた。

子どもに昴と彗っていう名前をつけるくらいだから二人の親も星が好きで、その影響で兄弟も自然と星に興味を持ったらしい。

昴くんはお父さんからプレゼントしてもらったという望遠鏡を担いで。

彗は懐中電灯と星座盤と、星座についてのハンドブックを持って。

わたしはみんなの分のお茶やお菓子をバッグにつめて、毎週のように家の近くにある『秘密基地』へ向かった。

基地といっても屋根のあるベンチが残っているだけの古ぼけた公園なのだけど、小高い丘の上にあるのでこの町のどこよりも星空がきれいに観えた。

町の明かりを遠くに見ながら、昴くんが望遠鏡の三脚を立てる。彗が懐中電灯を消す。

するとそこは、星とわたしたちだけの世界になった。

一度だけ家族で見に行ったことがある、隣の県の大きなプラネタリウムにも負けないくらいの壮大な景色。

あまり知識のなかったわたしに、彗が得意げに星や星座の名前を教えてくれる。

それを見て昴くんはニコニコ笑って、その星がある場所を指さす。

『ほら、あれがアンタレス。ちょっと赤く見えるでしょ？』

『うーん、あの大きい星？』

『そうそう。そこから左下に、アルファベットのSの字を描くように大きな星が並んでる。あれがさそり座だよ』

『あ。なんだか、さそりに見えてきたかも！』

二人に教えてもらって初めて見つけたのは、自分の誕生星座のさそり座だった。

『彗はいて座だっけ？』

『うん。いて座は弓でさそりのこと狙ってるんだぜ。さそり座の横の……』

星座盤と照らし合わせて、自分の目で星座の形を描けたときは嬉しくて。いつの間にかわたしも星空が好きになっていた。

――そして、『あの約束』を交わしたのは、引っ越しよりもずっと前。わたしと彗が小学校一年生の夏休みだった。

夕日が沈む頃、わたしたちは一台しかない望遠鏡を順番に覗（のぞ）き込む。

『なんか、よくわかんないね』

『どれがスピカ？』

『うーん……あ、あれじゃない？　月の上のほうで光ってるやつ！』

生まれて初めて観る、一等星の星食（せいしょく）。

天球上を移動している月が恒星の手前を通過するとき起こるのだと昴くんと彗のお父さんは説明してくれたけど、そのときは難しくてよくわからなかった。

おとめ座の一等星・スピカ。

そのスピカ・月・地球が一直線上に並び、スピカの手前に月が入り込んでくることにより月がスピカを隠す現象らしい。

……スピカ食。それは日食や月食のように派手じゃないし、大きなニュースにもならなかった。でも二人が望遠鏡を覗いて楽しそうに笑うから、わたしも楽しい気持ちになった。

『紘乃、わかった？』

レンズの向こうにはいつも通りの三日月があるだけ。

そのそばに一際輝く大きな星があったけど、瞬きしているうちに見えなくなってしまった。どんな現象だったのかはいまいちわからなかった。

わたしは首を横に振って、

『でも、月もスピカもきれいだった！』

と答えたのを覚えている。

すると二人は顔を見合わせた。

『スピカ食、十年後にもあるみたいだよ』

『そうなの？』

『うん。そのとき二人は高校生だね。俺は大学生か社会人になってるかな』

昴くんの言葉を聞いて、彗はなぜか得意げに笑って。

わたしの手に自分の手を重ねて言った。

『じゃあさ、そんときも絶対三人で、またスピカ食を見よう。そしたら今度は紘乃もわかるだろ。約束な?』

約束。その言葉に、ドクンと胸が高鳴る。

わたしと彗の手に、昴くんの手も重なった。

十年後なんてずっと先の未来で、何をしているかなんて想像もできないくらい幼かったのに、また三人で望遠鏡を覗く未来は『絶対』だって思えた。

――約束を交わしてから、今年で丁度十年。

距離は離れてしまったけれど、あのとき重ねた手の熱さをわたしは覚えている。

だけど彗は、全て忘れてしまったのだろうか。

＊

【幼馴染くん、久しぶりに会って照れてるだけじゃないの?】

帰ってから真央に彗のことをラインすると、返ってきた返事がこれだった。

照れているようには見えないと愚痴るわたしに真央はどこまでも明るく、

【紘乃が可愛くなったから意識してるんでしょ】

【最初は距離感わかんないのもムリないし、紘乃のほうから昔みたいに話しかけてみたら安心するって！】

と言ってくれた。

楽観的で、少し強引なこともある真央。そんな彼女の性格に救われたことも困惑したこともあるけれど、今、彗のことを話せる人は真央くらいしかいないから助かる。

「昔みたいに……」

冷たい態度を取られるとつい一歩引いてしまう。でも真央の言うとおり、気にせず声をかければ話せるようになるかもしれない。

それに、約束のスピカ食は八月十日――四ヶ月後に迫っている。

忘れているのか、覚えていてそれでも『星は観ない』と言っているのか……彗の意志を聞きたい。昴くんの気持ちや近況だって気になる。

【てか、幼馴染くんは彼女いないの？　まずそこからじゃない？】

返事をするよりも先に、そんなメッセージが来た。どうしても恋愛話に結びつけたいらしい。

【だから彗はそういうのじゃないって！】

【えー、でも好きだったんでしょ？】

【小学生のときね。別にずっと好きとかじゃないから】

彼のことが好きだからずっと彼氏を作らないのかと思ってた、と真央は言うけれどそれは誤解だ。転校して一、二年……小学生のうちは彗のことを想っていたけれど、中学にあがる頃には『初恋の思い出』として昇華できていた。恋人ができないのはわたし自身の性格の問題だ。少し気になる人ができても特に何もせず、気持ちを知ってもらう努力をしなかったのだから無理もない。

【とにかく、明日も声かけてみるよ】

そう返すと、真央からは力こぶを作ったネコのスタンプが送られてきた。ネコの背後には【当たって砕けろ】という文字が書いてある。砕けるのは嫌だ。でも、もう彗の態度に怯むのはやめにしようと思った。

「彗」

翌日の放課後、彗に声をかけると彼は渋々といった感じに振り向いた。

「何」

「あ……えっと、話したいことがあって」

「委員の話？　俺、今からバイトなんだけど」

そう言って彗はスマホの時計を見る。早速折れそうになる心をぐっと堪えて笑顔を作った。

「バイトって、何してるの？」

「大したもんじゃないよ」

「……駅のほう？」

「まぁ」

少しずつ話しながら階段を下りていく。このまま駅まで一緒に帰る流れになるかと思いきや、彗はピタリと足を止めた。

「で？　話って何」

どうやら、一緒に帰るつもりはなさそう。

わたしよりずっと背の高い彗の顔を見上げる。目が合っているのに、彗はわたしのことを見ていないような気がした。

……わたしたちって、幼馴染で、結構仲良かったよね。

そう言いかけて慌てて口をつぐむ。

もしかして、仲がいいと思っていたのはわたしだけだった？　彗の明らかな拒絶に自分の記憶を疑ってしまうほどだ。

「……あのさ。スピカ食の約束、覚えてる？　あのとき言ってた『十年後』って今年だよね？」

恐る恐る聞くと、彗の眉がかすかに動いたのがわかった。せめてこれだけは聞かなければ、割り切ることができない。

「せっかくまた会えたし、わたしは今年またスピカ食を観たいって思ってたけど、あの約束は無効なのかな」

「……」

「昴くんも忘れちゃってるかな？　てか昴くん元気？　今は何して……」

「っ、紘乃」

それまでより少し大きな声で彗がわたしの名前を呼ぶ。

怒ったような、焦っているような、悲しんでいるような。どれとも言えない、聞いたことのない声色だった。

見開かれた目。みるみるうちにその眉間にシワが寄っていく。

そして彗は一度唇を嚙み締めて、またゆっくりと口を開いた。

「約束は、忘れてほしい」

「え。どうして？」

「……もうあの頃とは違うんだよ、いろいろ」

苦しそうに顔をゆがめた彗の言葉にわたしは何も言えなくなる。

わたしと話すときに悲しい顔をするのは、一体なぜ？

彗の心にわたしの知らない影があるような気がする。確かめたいのに、彗の目の前には分厚い壁があって、触れることすらできない。

「彗、あの」

疑問がまとまらないまま名前を呼ぶと、彗はまたスマホを確認した。

「ごめん、そろそろバイト行くから」

そう言ってわたしと目を合わさないまま、先に階段を下りていってしまった。

追いかけて、その手を掴んで、気になることを全部聞けたなら。でももうそんなに無邪気な行動がとれるほど、子どもじゃなくなってしまった。

……あの頃とは違う。彗のその言葉が、頭の中で何度も再生される。

また会えたのだから、ただ一緒に星が観たいと思った。たったそれだけの願いは、どうやら叶わないらしい。

時間の流れを痛いほど思い知らされる。

わたしたちはきっと、もう、あの夏には戻れない。

# 2　星空は、遥か遠く

「……紘乃ー？　あんた、今日早いんじゃないの？」

部屋の外から聞こえる母の声に気づいて、ガバッと飛び起きる。慌てて目覚めたから心臓がドッドッと脈打っている。

「やば……」

枕元に置いていたスマホを見ると、アラームは十分前に鳴ったことになっていた。全く気づかなかったということは、それほど深く眠っていたのだろうか。なにか懐かしい夢を見ていた気もするけれど、頭の中にモヤがかかったように思い出せない。

母の言うとおり、今日は普段より早く学校に行かなくちゃいけない。わたしは床に置いていた大きめのバッグを摑んでリビングに向かった。

「遠足だっけ？　なんだか可愛い行事やるのね」

「可愛くないよー。クラス委員だから雑用ばっかりだし」

今日は転入してから最初の行事、『オリエンテーション遠足』がある。

日帰りで県内のレクリエーション施設に行って新しいクラスメイトたちとの親睦を深めるのが目的らしい。わたし自身、この数日は学校に慣れるのに精一杯で、まだ一緒に昼食をとるような友人もできていないのだ。趣旨通りこの遠足でどこかの女子グループに入れたら嬉しいけれど、出遅れた感も否めない。

「それにしても、紘乃がクラス委員だなんてびっくりしたわ。ちゃんと仕切ったりできてるの？」

心配そうな母の言葉に口をつぐむ。今のところ、右も左もわからないわたしに代わってほとんどの仕事を彗がやってくれている。お礼を言いたくても、彗はやることを淡々とこなして放課後はさっさと帰ってしまう。自己紹介でも言っていたとおりバイトに行ってるんだと思う。

「彗がしっかりしてるから何とかなってるよ。わたしもちゃんと頑張らなきゃだね」

苦笑いしながらそう返すと、母はハッとしたように目を大きく開いた。

「彗くん……」

「あれ、言ってなかったっけ？　彗とクラス委員も一緒なんだ」

「……ううん、この前聞いた」

「まぁ、全然話せてないけどね」

転入初日の夜、彗と学校で再会して、しかもクラスまで同じだったことを報告したら母も驚いていた。元々彗の両親とも交流があったから、近いうちに家を訪ねてみたいと話していたのだ。

なぜか黙ってしまった母を横目に、急いで顔を洗ってジャージに着替える。今日は寝癖がひどい。整える時間がなかったから肩までの髪をとりあえず一つ結びにした。

いつもみたいにパンを焼いて食べていくのも難しそうだ。ロールパンを一つだけかじって急いで歯磨きをする。

「朝ご飯ごめん、行ってくるね」

「……紘乃。待って」

玄関でスニーカーを履いたところで母が駆け寄ってくる。

「何？」

「えっと……」

「どうしたの」

「……」

話がある雰囲気なのに、言いにくそうに目を泳がせている母。その間にも靴箱の上に置いてある時計の針は進んでいく。

「ごめん、帰ってきてからでいいかな」

「あ、待って」

「ほんとごめんね。クラス委員だからさすがに遅刻できないんだ。何かあるならラインしといて」

早口で伝えて、バッグを持って玄関を飛び出す。

目的の電車に急いで乗り込んでからスマホをチェックするけど、母からのメッセージはなかった。

【さっき、なんだったの？】

こっちから送るとすぐに既読がついて、返事が来る。

【大事なことだから、帰ってきてから直接話すよ】

いつも快活な母がそんなふうに濁(にご)すなんてめずらしい。逆に気になるけれど、母も仕事の支度を始める時間だ。既読さえもつかなくなった。

最寄り駅で降りて小走りで学校へ向かおうとすると、少し前方に彗の後ろ姿を見つけて足を止めた。どうやら同じ電車に乗っていたようだ。

気まずい。スピカ食の話をしてから、彗に露骨に避けられているような気がする。

『おはよう。この前の約束の話だけど、本気にしてないから気にしないで』

駆け寄ってそうごまかすか迷う。だけど声をかける勇気も追い抜かす勇気も出なかったわたしは、彗と距離をとりながらわざとゆっくり歩き続けた。

＊

バスに揺られてやってきた自然公園。

最初のレクリエーションは、遠足や合宿によくある飯盒炊爨だ。ちなみにメニューは定番のカレーライス。

「えー、さっき配ったしおりに書いてあるとおりに班を組んでください」

気だるげな彗の呼びかけで、三組のみんなが一斉に移動する。カレー作りの班は担任の先生が決めた。なるべく一年のときに別のクラスだった人同士で組むように考えたらしい。

紙のしおりに、小学校の頃を思い出しながら班分けを確認すると。

「……あれ？　わたしたち、同じ班？」

思わず漏れた言葉は、隣にいた彗に届いたようだった。

「クラス委員は連絡とりやすいように一緒に組ませたっぽい」

ぼそっと返事が来て、とっさに「そうなんだ」と言うことしかできない。

彗と同じ班か……。

横目で彗の顔を見ても、無表情すぎてどう思ってるのかわからない。気まずいと感じてるのはわたしだけなのだろうか。

「えっと……あと二人、だよね」

なるべく明るい声で言いながらしおりに目を落とす。彗とわたしと同じ枠の中に書かれていたのは、『林美羅(はやしみら)』と『小野寺晶斗(おのでらあきと)』という名前だった。

「斎藤(さいとう)さん、よろしくねー」

「へっ⁉」

突然、目の前に男子生徒の顔が現れて驚く。思わず一歩後ずさったら、彼は歯を見せて笑った。

パーマっぽく緩やかにセットされた髪の毛が揺れる。二重の大きな目が印象的で、明るめのミルクティー色のカーディガンがトレードマーク。

彼・小野寺晶斗くんは二年三組の中でもわりと目立つほうの男子だ。

常に輪の中心にいて騒いでいる、クラスのムードメーカー。教室のどこにいても彼の声が聞こえてくるし、その整った容姿で異性からも人気があるらしい。

そんな、いかにも『陽キャ』な彼とは、同じクラスの中にいたってそれほど関わる機会はないだろうと思っていたのに。

「そんなに驚くの、ちょっとひどくない？　俺、斎藤さんと喋ったことないよね。これを機に仲良くなろうぜ」

「はぁ……よろしくね、小野寺くん」

「小野寺でいいよ。晶斗でもいいし」

テンションの高い小野寺くん……もとい小野寺に圧倒されながら苦笑いを返す。うるさいと感じたのか、彗もこっちを見ていた。

「……彗も、よろしく」

「ああ」

小野寺の挨拶に、彗は小さく頷く。

呼び捨てにするなんて、この二人は元々友達同士なのだろうか。口数の少ない彗と派手な小野寺が仲良いイメージは湧かないから意外だ。

「あと一人……あ、林さんいた」

小野寺が指をさした先で辺りを見回していたのは、林美羅さん。クラス委員決めのときに横にいたロングヘアの女子だ。

高校生に見えないくらい大人っぽい彼女は、教室でも周りとあまりつるまずに席でスマホを触っていることが多い。いわゆる一匹狼タイプというやつだ。

「俺、連れてくるよ」

小野寺に連れられて真顔の林さんが合流する。

……わたし、彗、小野寺、林さん。

彗とは気まずい状態で、小野寺と林さんとはまともに話したこともない。

このメンバーで行動するなんて、楽しいはずのイベントが急に不安に思えてくる。

「んじゃ俺、材料取ってくるね～」

「あ、うん。ありがとう」

小野寺はカレーの食材を受け取りに行ってしまった。率先して動いてくれるのはありがたいけれど、残されたわたしたちの間に沈黙が訪れる。

「えっと、林さん。よろしくね」

「うん」

「……」

何か話さなきゃと声をかけてみたけれど、林さんは軽く頷いただけでそれ以上話が広がらない。人と仲良くなりたいときってどうすればいいんだっけ。いつもは自分が受け身で、引っ張ってくれる相手についていくことが多かったから迷う。

話のネタを探していると、段ボールを抱えた小野寺が戻ってきた。

「えー、なんか暗くない？　この班大丈夫？」

冗談めいた笑い声に、つい首を横に振りたくなる。だって絶対に『大丈夫』ではない。だから今は彼の明るさに頼るしかないと思った。

「材料、ありがとね。作ろっか」

「おー、斎藤さんめっちゃやる気じゃん」

腕まくりをして調理場に向かうと小野寺も駆け寄ってきてくれた。そんなわたしたちの後ろを彗と林さんがついてくる。

無理におどけてニコニコ振る舞うことには慣れている。彗の前だと思うとなぜだか少し緊張するけれど。

「えっと、じゃあどうする？　まずは野菜の皮剝き？」

「米の準備もしないとじゃない？　かまどの火も自分たちでつけなきゃっぽいし」

「そっか。じゃあ、わたしと林さんが野菜剝くから、彗と小野寺でお米とか火をお願いしてもいい？」

「えっ。……了解」

小野寺は一緒フリーズして、それから嬉しそうに頷いた。林さんも彗も、自分の担当に不満はないみたいだ。

こうして林さんと二人ならんで野菜の皮剝きを始めたけれど。

「……」

ふと視線を感じて横を見ると、林さんがじっとこちらを見ていた。

「え。どうしたの？」

「それ、じゃがいも……」

林さんが指差してきたのは、わたしの手元にあったじゃがいもの皮。

「ちょっと分厚すぎない？」

自分でも薄々気にしていたことを、ストレートに指摘されてしまった。

「ご、ごめん。気をつけてはいたんだけど……わたし、ほんと不器用で」

慌ててやり直そうにも、切ってしまったものは戻ってこない。わたしの目の前に残っていたじゃがいもを林さんは手に取った。

するすると、滑るような包丁さばきで器用に皮を剝いていく。落ちていく皮に身はほとんどついていない。

「え。林さん、器用だね」

「普通だよ」

「そんなことないよ。わたし、調理実習で鍋焦がしたり、家で料理したら失敗して急にデリバリーを頼むことになったりとか、裁縫の授業でケガして保健室に行ったこともあるし、あ、これがそのときのケガなんだけど……」

指の傷跡を見せようと左手を出したら、林さんは包丁を動かす手をピタッと止めた。

その手がかすかに震えていることに気づいて、顔を覗き込むと。

「……必死すぎ」

林さんは口元を緩めていた。

「そんなにエピソードあるなんて、どれだけ不器用なの。てかそのじゃがいも、食べるとこ半分くらいしかないじゃん」

「ご、ごめん」

「あー、おもしろい」

よくわからないけどどうやらツボに入ったみたいで、林さんはケラケラ笑ってる。そして、

「斎藤さんみたいな人、初めて知り合った」

と、わたしの目を見ないまま言った。

「初めて?」

「うん。わたしの性格知った上で絡んでくる人ってそんなにいないから。わたし、思ったことがすぐ口とか顔に出ちゃってさ。だからって人に合わせるのもなんか面倒で、一人でいたほうが楽って思って……中二病くさいけど」

自虐的に笑ってるけど、その顔はちょっと寂しそうに見える。

——林さんとわたしは正反対のタイプだ。

周囲の顔色をうかがうのがクセになっているわたしは、自分の意見を押し殺すことも多い。おかげで今まで一人になることはなかったけれど、たまにそんな自分が嫌になることもある。

「わたしは、自分に正直な性格っていいと思うけどな」

彼女はきっと自分の心を大切にしてるんだろう。わたしからしたら、自分を持っている林さんはうらやましい。

「……あのさ」

「何?」

「ずっと言おうと思ってたんだけど……クラス委員決めるとき、ありがとね。うち、母子家庭で、なるべく早く帰って家のことやんなくちゃいけなくてさ」

長いまつげが彼女の頬に影を落とす。

林さんの家は母子家庭で、まだ小さい妹と弟がおり、しかも足の悪いおばあさんも同居しているのだそう。日中は派遣の仕事をして、週に何回かは夜も働きに出ている母親の代わりに家事をやっているのだと打ち明けてくれた。

立派なことだと思うけれど、中学のときに心ないクラスメイトに家庭環境を馬鹿にされたことがあり、人前ではあまり言わないことにしているらしい。

「どうりで手際が良いんだね。よかったら皮剝きのコツ教えてくれないかな」

わたしの言葉に林さんは大きく瞬きをして、「もちろん」とうなずいた。

アドバイスを聞きながらじゃがいもの皮剝きに挑戦する。

「どうかな？」

「うーん、全然できてないね」

わたしが切った分厚い皮をつまんで、彼女は言う。

「……ほんと、正直だなぁ」

遠慮のない性格だけど、悪い人ではないことはわかる。

再び包丁を握ったところで、突然目の前に影ができた。顔を上げるとしょんぼりした様子の小野寺が立っている。

「斎藤さん、林さん……」

「どうしたの？　あれ、彗は？」

「かまどに使う薪（まき）、取りに行った」

「えっ、一人で？」

「俺も行くって言ったんだけど、一人でいいって」

口を尖らせた小野寺はため息をついてその場にしゃがみ込んだ。

「はー。彗、今日もそっけないんだけど。昔はあんなんじゃなかったのになぁ」

「待って。小野寺って彗と仲良かったの？」

「……同中だよ」

「え。そうだったんだ」

教室ではそこまで話している姿を見なかったから驚く。

「小野寺と村瀬（むらせ）って泉（いずみ）中だっけ？　うちの高校に来た人少ないよね」

「うん。俺と彗と、あとは文系に三人くらいかな」

林さんの質問に小野寺が答える。

彗とわたしが通っていた小学校で、私立受験をしない人は公立の泉中に進学する。わたしは小野寺のことを知らないから、彼はきっと隣町の小学校出身なのだろう。

「てか斎藤さんは彗とどういう関係？　呼び捨てだし、結構距離近い感じに見えるけど」

「あー……。わたしと彗、幼馴染なんだ」

「幼馴染？　中学は別ってこと？」

「実はね、」

　これまでのことを話すと、小野寺は「七年ぶりの再会なんて、ドラマみたいじゃん」と興奮気味に言った。その横で林さんも頷いている。

「そんなロマンチックな感じじゃないよ。見てのとおり、今の彗はあんな感じでそっけないし」

　ため息をつくと小野寺は勢いよくこっちを見た。

「そうそう。彗、昔はもっと明るかったよね」

「うん。てか、中学のときの彗ってどんなだったの？」

「中一で出会ったときは、気さくで、いつも人に囲まれてたよ。今よりもっと周りを引っ張ってくタイプだった」

　わたしの記憶の中にいる彗のことを、小野寺も知っているよう。

　あの頃の彗は夢や幻だったんじゃないかってくらいの変わりようだから、思い出を共有できたみたいで安心する。

「あの村瀬が？　ちょっとイメージできないや。性格が変わったってこと？」

わたしたちの話を聞いていた林さんが真顔でそう言った。

わたしも信じられないと言おうとしたら、それよりも先に小野寺が口を開いた。

「うん。中二のときからね。まぁ、あんなことがあったんだから無理もないのかもしれないけど……」

深刻な顔で言う小野寺に首を傾げる。

……あんなこと？

「何があったの？」

わたしが聞くよりも早く、林さんが尋ねた。

小野寺は声のボリュームを落とすと、「あんまり言いふらしたらよくないと思うけど、林さんなら口堅そうだし大丈夫かな」と前置きしてから、林さんに向けて言った。

「俺らが中二のとき、彗のお兄さんが事故で亡くなったんだよ。そんとき、彗、しばらく塞ぎ込んでさ。学校戻ってきたと思ったらあんな感じになってた」

──それを聞いた瞬間、わたしの世界から音が消えた。

周りにはクラスメイトも他のクラスの人たちも大勢いて騒がしいはずなのに、イヤホンをしたときみたいに何も聞こえなくなる。

待って。お兄さん、って昴くんのことだよね。

……昴くんが、亡くなった？

「そうなんだ。歳近かったの？」

「四つ上。高三だったって。中学のときは陸上部で地方大会行ったり生徒会長やったりしてたみたいでさ、先生たちの中でも記憶に残ってたっぽい。俺も何回か見たことあるんだけど、面倒見のいい兄貴って感じで仲も良さそうだったな」

「そっか。それじゃあ心を閉ざしてるのも無理ないのかも」

「そうかもしれないけどさぁ。あれからずっとあんな感じだから心配なんだよね」

「かと言って周りにできることはないでしょ」

……死んだ？　事故？

どうして。わたし、そんなの知らない。

『紘乃』

……痛む頭の中で、ふと、昴くんの優しい笑顔を思い出した。

「でも、もしかして斎藤さんには心開いてんのかもって思ったんだけど」

遠くでそんな声が聞こえる。聞こえているのに、頭には入ってこない。

「斎藤さん？」

「え、あ……」

返事をしないわたしを不思議に思ったのか、小野寺はわたしの顔を覗き込んできた。彼は、幼馴染であるわたしは事情を知っているものだと思って話しているのだ。今初めて聞いたとは言えず、「ごめん」と返す。

「ちょっとトイレ行ってくるね」

かすかに笑みを作ってその場を離れる。人気のないトイレ近くのしげみに駆け込んで、倒れるようにしゃがみ込んだ。

風邪でもないのに咳が出る。朝少しだけかじったロールパンの味が迫り上がってくる。

「嘘、だ……」

小野寺の話を認めることを、わたしの頭が拒否しているのがわかった。

『紘乃、落ち着いて。大丈夫だから、ゆっくり深呼吸しよう』

昔、わたしが泣いたときに、昴くんはそう言って背中をさすってくれた。深呼吸をしようとして、また大きく咳き込む。咳をしているうちに涙が勝手に出てきた。落ち着こうとしているのに、昴くんのことを思い出してしまって余計に心が乱れる。七年近くも会っていないのに、その声も手の大きさもしっかりと思い出せた。

どのくらいその場に蹲っていたのだろう。

「……紘乃」

気づくと、膝を抱えていたわたしの目に、大きなスニーカーが映る。

顔を上げるとそこには、こちらを見下ろしている彗が立っていた。

「彗……？」

名前を呼んで立ち上がる。思わず大きな声が出た。

「あ、あのさ。さっき、小野寺がヘンなこと言ってて。昴くんのことなんだけど」

お願いだから、タチの悪い冗談だったと言ってほしい。

「昴くんが、その、……亡くなったなんて、嘘だよね？」

すがるような思いで聞くと、彗は一瞬だけ目を見開いたあと、

「……本当だよ」

いつも通りの表情に戻って、そう言った。

ドクドクと、まるでなにかの警報みたいに心臓がうるさく鳴っている。

『俺はもう、星は観ないよ』

そっか。今なら彗のあの言葉の理由がわかる。

ごめん、何も知らなくて。

苦しい思いをしていたのに、気づいてあげられなくてごめん――。

「……なんで教えてくれなかったの？　そんな大事なこと……」

ジャージの袖で涙を拭いながら聞くと、彗がため息をついたのが聞こえた。

「別に、紘乃と昴は友達だったわけじゃないだろ」

「っ、友達じゃなくても、わたしだって可愛がってもらったし、昴くんのことお兄ちゃんだと思ってたよ」

「そう。じゃあ、すぐ言わなくてごめん。昴は三年前に交通事故で死んだ。墓参り行くなら場所教えるけど」

淡々と、まるで委員の仕事の最中のときのように話す彗。

その表情と言葉に、さらに涙が溢れてきた。

「なんで……そんな、なんでもないことみたいに言うの……？」

「なんでもないっていうか、もう三年も経ったから」

口ではそう言っているけれど、きっと嘘だ。現に彗は周りに対して心を閉ざしている。

それは昴くんの死がきっかけだったと小野寺も話していた。そのくらい、彗と昴くんは仲のいい兄弟だったのだから。

「……もう昴くんがいないから、スピカ食の約束はナシって言ったんだね」

三人で交わした約束が叶わないから。昴くんがいなくちゃ、意味がないから。

そんなふうに昴くんのことを想って、彗は約束を白紙にしたのかもしれない。

……だけど。

「それもあるけど、俺、本当にもう星はどうでもいいから」

返ってきた答えに目を見開く。

どうでもいい。その言葉がわたしの頭に強く響く。

「そんな……どうでもいいって、なんで」

「なんでって言われても、事実だし」

「彗がそう思ってるって、昴くんが知ったら悲しむよ……！」

昴くんが教えてくれた星座の見つけ方、神話、星の名前。そんな思い出も全部、『どうでもよく』なってしまったのだろうか。

怒りと戸惑いが混じった言葉をぶつけると、それまで無表情だった彗の顔が僅かに歪んだのがわかった。

「……紘乃に何がわかるんだよ」

その声には明らかに苛立ちが含まれていて、触れてはいけないところに触れてしまったのだと気づく。

彗は一歩距離を詰めて、わたしの顔を見下ろしてきた。

「再会したときから思ってたけど、いつまで子どもの頃のままの気分でいるわけ?」

わたしの目の前にいるのは、本当に彗なのだろうか。

また胃の辺りが苦しい。あまりに驚くと、悲しみの涙は出ないのだと知った。

「……どうしちゃったの? 彗、そんなこと言うような人じゃなかったのに」

「だから、そういうところだって」

彗はため息をつくと踵を返して、調理場のほうへと戻っていった。

待って、話は終わってない。口を開きかけたわたしの肩を誰かが叩く。振り返ると、そこには林さんが立っていた。

「ちょっと注目集めてるから、今はやめたほうがいいかも」

彼女の言うとおり、数人がこちらを見ている。

林さんは、なかなか戻らないわたしのことを心配して様子を見に来てくれたらしい。

「ごめん、ありがとう」

お礼を言うと無言でポケットティッシュを差し出してくれた。涙を拭いて班に合流する。

再びカレーの準備に取り掛かったけれど、集中なんてできるはずがない。

「大丈夫? 顔色悪いよ」

小野寺に心配されて「平気」と笑って返す。

どうにかできあがったカレーはやけに水っぽくて、味も薄くて。

全く話さない彗とわたし、それに気を遣う小野寺、少し困惑した様子の林さんで、かなり気まずい昼食をとった。

*

……それからの半日は、正直言って悲惨な状態だった。

彗の顔を見るとどうしたらいいかわからなくなって、まともに意思疎通ができない。

そんな状態で委員の仕事が務まるわけもなく、レクリエーション中に伝達ミスを起こしてクラスのみんなに迷惑をかけてしまう始末。

同じ班のよしみで小野寺もフォローしてくれてことなきを得たけれど、今度は申し訳なさで胃が痛くなってくる。

どうにか挽回しようと張り切っても空まわりして、余計に具合が悪くなって……。

担任の先生に顔色の悪さを指摘され、帰るまで救護室で休むことになったのだ。

硬いベッドの上で窓の外を眺める。静かだとどうしても昴くんのことを考えてしまう。

――三年前に、事故で。高校三年生だったと言っていたっけ。今のわたしとそんなに変わらない歳だ。

そんな、どうして。それればかりが頭の中をぐるぐると回る。

ずっと会えなくても、昴くんがくれた優しさを忘れたことはなかった。もう会えないなんて信じられない。

「少し良くなった？」

「あ……林さん」

泣きそうになっているとシャッとカーテンが開く音がして、林さんが顔を出した。

「飲み物飲めそう？」

そう言って彼女が差し出してくれたのは、桃風味の水。昔から好きでよく飲んでいたものだから偶然でも嬉しい。泣くのを堪(こら)えて笑顔を作る。

「うん、ありがとう。後でお金払うね」

「ああ、それならわたしじゃなくて、村瀬にやって」

「え、彗？」

「うん。それ、村瀬から預かったやつだから」

林さんの言葉に驚く。

彗、わたしの好きなものを覚えてくれていたのだろうか。

「あんな言い争いしといて差し入れするなんて、村瀬って意味わかんないね」

「……うん、確かにね」

「でも、斎藤さんのこと心配してるのはわかったよ」

「どうだろう。だからって、あんなふうに言うなんてショックだったけど」

愚痴のつもりで言うと、彼女は黙ってしまった。

真顔のまま言葉を選んでいるように見える。

「話題が話題だから、うまく言えないけど……お兄さんを亡くしていろいろ変わったなら、村瀬にも何か事情があるんじゃない」

「そうだよね……」

彗の言い方や態度に、困惑と怒りの気持ちがあった。でも、こうしてわたしが好きな飲み物を買ってきてくれたこと、クラス委員を一緒にやってくれたこと。どんなに冷たくされても、彗の心の奥の優しい部分は変わっていない気もする。

「わたし、彗に水のお礼言ってくる」

頷く林さんに「ありがとう」と言うと、彼女は照れくさそうに目をそらした。

帰りのバスの出発までは自由時間で、皆それぞれの場所で過ごしていた。

三組の男子グループに目をやっても彗の姿は見当たらない。施設内のロビーや自動販売機のあたりを探してみても同じだ。小野寺に聞いても「知らない」と首を横に振った。

できれば今、話したい。そんな思いで外に出ると、【展望台はこちら】という文字と矢印が書かれた看板が目に入った。

子どもの頃、彗は高い場所から町を見下ろすのが好きだった。

秘密基地を見つけたのも彗で、わたしも昴くんも彗に連れられてあの場所で星を観るようになったのだ。

……もしかして。迷いながらもダメ元で矢印の方向へと足を進める。

東屋（あずまや）のある丘の上。

そのベンチに、一人で座っている後ろ姿を見つけた。

「……彗」

勇気を出して声をかけると、広い肩が小さく跳ねる。ゆっくり振り向いた彗は、わたしの顔を見て少し泣きそうな顔をしたように見えた。

「紘乃」

低い声で名前を呼ばれる。

さっきまで気まずい距離感だったけれど、今の彗はわたしのことを拒絶していない。声を聞いただけでそう感じたのは、幼馴染の直感だろうか。静かに横に座ってみても彗は動かないままだった。

「あの、水ありがとう」

「……うん」

「彗、わたしがあれ好きだって覚えててくれてたの？」

「紘乃、あればっか飲んでたから」

「そっか。わたし、そんなところまで子どもの頃のままだね」

「……」

沈黙の中、わたしたちの間を冷たい風が通り抜ける。

風の音にかき消されてしまいそうなくらい小さな声で、彗は「ごめん」と言った。

「ごめんって、何のごめん？」

「……さっきのやり取り、全部。言いすぎたって反省してた」

彗、とまた名前を呼ぼうとしたら、再び強い風が吹いた。

風の冷たさに思わず身震いする。うっかり長袖のジャージを置いてきてしまった。

すると彗はわたしの名前を呼んで、腰に巻いていたジャージを差し出してくれた。

「！　大丈夫だよ」

「いや、半袖って薄着すぎるだろ。俺は寒くないから。昔から暑がりだし……」

昔の話をしかけて彗は口を閉じた。そういえば彗は冬でも半袖半ズボンで過ごしていて、小学校の先生に笑われていたっけ。

「……ごめん、ありがとう」

受け取ったジャージを緊張しながら羽織る。

暖かくて、どこか懐かしいようなにおいがした。

……彗のにおいだ。そしてそれは、昴くんのにおいでもある。

昴くんの声、顔、雰囲気。一気に思い出してしまって、涙が出てしまった。

「……昴くん、本当にもういないの？」

「うん」

「事故って、なんで、昴くんがそんな目に」

「三年前の冬。夜の凍った道でスリップした車が突っ込んできたって。小さいけど新聞にも載った」

信じたくないけれど、弟の彗の口から言われたら納得するしかない。

本当に、昴くんとはもう二度と会えないんだ――……。

「な、んで……やだよ、やだっ」

次から次へと勝手に溢れ出してくる涙と嗚咽。

彗を困らせるのは嫌なのに、止まらない。

「……紘乃。落ち着けって」

「やだ、無理。わたしだって昴くんに可愛がってもらったし、また会えるの楽しみにしてたのに、なんで。なんで昴くんが、」

「紘乃」

彗の手がわたしの背中にそっと触れる。

中学生のお兄さんだった昴くんの手の大きさを思い出した。

『大丈夫』と背中をさすってもらったのは、わたしだけじゃなく彗もだった。

それを真似しているのだろうか。嬉しいけれど、余計に切ない。

「ごめん。彗だって辛いのに」

「俺はもう平気だって」

「……わたし、何も知らなかったのが情けないよ。そのとき彗のそばにいてあげられなくて、ごめんね」

どうにか顔を上げてそう言ったら、彗は目を見開いた。

そして唇を嚙んで、ゆっくりと口を開く。

「昴のこと知ったら、そんなふうに言うんじゃないかって思ってた。紘乃は優しいから」

そのうち、背中をさすってくれていた手が離れてそっと頭に触れた。戸惑うような手つきで頭を撫でられると、切ないのと嬉しいのとが混ざってよくわからなくなった。

……ようやく涙も落ち着いてきて、わたしたちの間にはまた沈黙が流れる。

横を見ると、彗は夕焼け空を見上げていた。

「ここ、なんだかあの秘密基地に似てるね」

「ん？　うん……」

声をかけたら、彗はイタズラが見つかった子どもみたいにパッと視線を下げた。

その姿を見たら、どうしても聞かずにはいられなかった。

「……あのさ。彗、星なんてもうどうでもいいって言ってたじゃん。それってやっぱり昴くんのことを思い出すから、だよね？」

「え？」

「彗自身は本当は今も……」

星が好きなんだよね？

そう言うよりも早く、「紘乃」と名前を呼ばれて声を遮られる。目の前にいる彗は悲しげな表情で首を横に振った。

「昴のことは関係ない。俺、中学に入ってから昴とそんなに話してなかったから」

「え。そうなの？」

仲良し兄弟だったはずの二人が、どうして。驚くわたしに彗は苦笑いする。

「喧嘩ってほどじゃないけど、いろいろあって」

「……」

「昴はずっと星が好きだったよ。でも俺は昴といることを避けてたから、もう何年も天体観測とかしてないんだ。だから興味が薄れただけ」

目を伏せて微笑む彗を見たら、それ以上を問い詰めることなんてできなくて。

かける言葉を選びながら顔を上げると、まだ明るい空に一番星が輝き始めていることに気づいた。

見て、彗。金星が光ってる！

……昔だったら、真っ先にそう言って笑い合えたのに。

そう思って唇を噛み締めていると、スマホで時間を見た彗が立ち上がった。

「そろそろバスの時間だ。戻ろう」

「あ、うん……」

ねぇ、『いろいろ』って何？

知りたいことは山ほどあったけれど、聞いてもきっと適当な理由でごまかされてしまうと思う。

本当はもう少し一緒にいたかったけれど、彗は歩き出してしまった。集合場所のほうへ向かう後ろ姿を見ながら、昔はわたしのほうが背が高かったのになとぼんやり思う。

再会して初めて、ちゃんと向き合って話せた。

昴くんのことを知って、本当に残念だけどスピカ食の約束が叶わない理由もわかった。

「彗。ジャージ、返すね」

羽織っていたジャージを脱ごうとすると、彗は首を横に振る。

「いいよ、着て帰って」

「え……でも」

「俺、バイト先に上着置いてあるから」

「バイト？　もしかして、この後行くの？」

わたしの問いかけに頷く彗に目を丸くする。もう夕方だというのにこれから働くなんて。

「どうしてそんなにバイトばっかり。何か欲しいものでもあるの？」

「いや、家に帰りたくないだけ」

そう言ってから、彗はわたしから目をそらして、早歩きで先に行ってしまった。

……また、一線を引かれた。そう気づいて心が痛む。

それと同時に、家に帰りたくないという言葉にも衝撃を受けた。

だって、記憶の中の村瀬家は仲良し家族だったのだ。明るくてアウトドア好きのおじさんと、料理が上手なおばさん。二人とも優しくて、昴くんも彗もそんな両親のことを慕っていたのに。

もし悩みがあるなら話を聞くことくらいならできる。だけど彗にとってわたしは『弱さを見せる相手』ではないらしい。

――まだ、彗の心が遠い。

何でも教えてほしいとは言わない。せめてまた、昔みたいに笑った顔が見たい。

たったそれだけの小さな願いは、どうすれば叶うだろう。

一人で空を見上げながら彗のジャージの裾を握りしめる。

瞬く一番星に願うことしかできない自分が、酷くちっぽけな存在に思えた。

# 3　雨上がりの空

『ほら彗（けい）。紘乃（ひろの）、行っちゃうよ。しばらく会えなくなるんだよ』

　昴（すばる）くんに背中を押された彗が家から出てきた。その目元は赤くなっている。

『なんだよ、引っ越しって。紘乃がいないと嫌だよ。つまんないじゃん』

　小学四年生でこの町を離れることになったわたしに、彗は怒った顔をしながら言った。

　その少し後ろで昴くんが彗の背中をさすっている。

『しかたないだろ、おじさんの仕事の都合なんだから。子どもにはどうしようもないことなんだよ』

　いつもニコニコしていて穏やかな昴くんがめずらしく唇を噛（か）み締めていたのが印象的で、わたしは二人にそんなふうに思ってもらえたことが本当に嬉（うれ）しかった。

『彗。……あの』

　こんなお別れのとき、なんて言ったらいいかわからない。

　うつむいていると、目の前の彗が小さく呟（つぶや）いた。

『……また会えるよな？』

まるで祈るような言い方にびっくりして顔を上げる。彗の目には涙が溜まっていた。

『うん。絶対また会えるよ。あの約束も忘れてないから』

彗は頷いて、そっとわたしから離れる。

そして昴くんの少し後ろに立って、必死に笑顔を作りながらこっちを見てきた。

その表情を見ていたら、とうとうわたしの目から涙が溢れてしまった。

『紘乃、元気でね。いつか俺たちのほうからも会いに行くよ』

なんでも知っている昴くんがそう言うなら大丈夫。

三人で、いつか絶対にまた会える。そう思うことができた。

『紘乃、俺さ……』

『何？』

『いや、やっぱいい。元気でな』

彗は歯を見せて笑って、右手のこぶしを出してくる。

わたしは涙を拭いてそのこぶしに自分の右手を合わせた。

コツン、とかすかに触れた手。ほんの一瞬だったのにそこが熱くなる。

彗のことが好きで、でも伝えるなんてできなくて。とうとう何も言えないまま離れることになってしまった。

後悔がないわけじゃない。

だけど別れ際に困らせるようなことはしたくない。

『うん。彗も、昴くんも、元気でね』

笑って手を振りながら車に乗り込む。二人の姿が見えなくなってから一気に泣いた。

見慣れた町並みや澄んだ空の色を目に焼き付けながら子供心に誓う。

また会えたらそのときは、彗に好きって伝えるんだ――……。

*

「あっつい……」

どんなにままならないことがあっても、季節は巡る。

雨あがりの蒸し暑さで汗ばむ六月の初め。

わたしが地元に戻り、この若葉西高に転入してから二ヶ月近くが過ぎた。

「おはよう、美羅」

「おはよ、紘乃」

朝、教室に入って一番に声をかけるのは『林さん』もとい、美羅。

美羅とはオリエンテーション遠足後から少しずつ話すようになり、その後の席替えで前後になったことで仲良くなった。

特に好きなアーティストの世代が似ていることに気づいてからは一気に打ち解けた気がする。

わたしや美羅が好きなのは、わたしたちが生まれる少し前に流行った曲やバンド。中学でも前の高校でも周りに聴いている人がいなかったから、音楽の趣味が同じ人に出会えて嬉しかったし、転入してから何かと縁があるなとも感じた。

なんでもハッキリ言う美羅と、相手の顔色をうかがうクセのあるわたし。

性格が合うわけじゃないけど、正反対だからこそうまくいってる部分もあるんだと思う。

「美羅はいいなぁ、あんまり汗かかなくて」

苦笑いしながら顔の汗をティッシュオフしていると、美羅はカバンから鏡を出して差し出してきた。

「前髪、変な感じになってる」

「げ、ほんとだ」

鏡を見ると、美羅の言葉のとおり、前髪がおでこに張り付いてしまっていた。暑いからと後ろでまとめた髪も軽くほつれている。

「教えてくれてありがと。トイレ行くついでに直してくるよ」

「了解、行ってらっしゃい」

そう言う美羅を見て、ふと、前の学校の親友・真央はどんな場面でも『一緒に来て』が口癖だったな、と思い出した。

真央とは引っ越した当初は毎日のように連絡を取っていたけれど、ゴールデンウィークを過ぎたあたりから個人的なやり取りをすることが少なくなった。インスタのストーリーは毎日見ているし、たまにコメントをすることもあるけれど、それだけ。

本当は、遠足で知った『彗の事情』について、話を聞いてもらいたかった。だけどSNSで新しいクラスの友人と楽しそうに過ごしている姿を見ると、なんとなく遠慮してしまうのだ。

ちょっと前までは、あの賑やかな画面の中にわたしもいた。だけど今の学校では、友達と呼べるのは美羅だけだ。

どこか寂しく思いながら廊下を歩いていると、前から彗が歩いてくるのが見えた。

「あ……彗、おはよう」

少し緊張しながら顔を見て声をかける。

彗は小さな声で「おはよう」と返してくれた。

「今来たの？　電車で会わなかったね」

「あー……うん」

語尾を伸ばして僅かに目をそらすのは、彗が何かをごまかそうとしているときのサイン。

それに気づいたときは切なくなったけれど、触れられたくないことには触れないようにしようと決めた。

「そうだ、今日の放課後の委員会って問題なく出られる？」

「バイトは遅い時間にしてもらったから平気。今日は第三会議室だっけ」

「うん、確か三年生の教室があるフロアだよね？　場所がちょっと曖昧だけど……」

「じゃあ放課後、一緒に行こう」

彗はさらっとそう言う。

これは特別なことでもなんでもない。学校のことがまだよくわかっていない転入生がいたら、誰だってそう声をかけるはずだ。

「ありがとう」と答えると、彗も頷いて教室のほうへと歩いて行った。

今の彗との距離を一言で表すと『普通のクラスメイト』といった感じだと思う。

朝会えば「おはよう」の挨拶はするし、クラス委員の仕事だってつつがなくこなしている。

次の授業の話、流行している漫画のこと、学校の購買でどのパンが一番好きか。そんな他愛もない話だってできるようになった。

『星』『天文部』『昴くん』……その三つのワードを避けながら。

『彗くんと話すときは、昴くんのことは触れないほうがいいんじゃないかしら』

それは、わたしの母の言葉だ。わたしもそうしようと思っていた。

オリエンテーション遠足の前日、母は町の商店街で偶然彗たちのお父さんに再会し、昴くんが亡くなったという事実を聞いたらしい。

おじさんいわく、事故から三年近く経っても村瀬家の時間は止まったまま。

昴くんを失ったことでおばさんが塞ぎ込んでしまい、仕事も辞めてめっきり外に出なくなってしまったそうだ。おじさんがいくら声をかけても笑わず、家事をすることも少なくなったのだという。

高校生になった彗はバイト三昧の日々で、夜はおじさんたちが寝静まった頃に帰ってくる。きっと家の空気に耐えられないのだろう。

……彗が『家に帰りたくない』理由が、こんなに複雑で重いものだったなんて。

気の毒だけれど、おばさんが悪いとも思えない。自分の子どもを亡くして平気でなんていられるはずがないと、母はわたしの顔を見ながら言っていた。

『彗……あいつ、だいぶ無愛想になっちゃったけど、どうか仲良くしてやってくれ』

それは、おじさんからわたしへの伝言。おじさんは無理して明るく振る舞っていたように見えたと、母は嘆く。

『気の毒だけど、乗り越えるなんて無理よね。なるべく思い出さないよう気を遣ったほうがいいと思うんだけど』

母の意見に賛成して、わたしは彗の前で昴くんの名前を出さないようにしようと決めた。もちろん、昴くんとの思い出がたくさん詰まっている星や天文部の話題も。

そう心がけて彗と接していたら、ようやく普通のクラスメイトぐらいの関係になれたというわけだ。

「おはよー、紘乃。うわ、顔死んでるけどどうした？」

「おはよう、小野寺(おのでら)。え、そんなにやばい？」

トイレの手前で小野寺ともすれ違う。

わたしと美羅が仲良くなったように、小野寺とも遠足がきっかけでよく話すようになった。元々誰にでもフレンドリーな小野寺は、気づいたらわたしたちのことを「紘乃」「美羅」と下の名前で呼んでくるようになったのだ。

「うん。目の下クマあるし、オバサンかってくらいため息ついてたよ」

「ええ、まじかぁ。にしてもオバサンってひどくない？」

「だって事実だし。夜更かししてるんだろ」

「まぁ、最近暑いから寝苦しくてさ」

指摘された目の下を触りながら苦笑い。

当の小野寺は、クマやニキビとは無縁という印象だ。

「いいなぁ、小野寺は肌がきれいで。なんか特別なことしてるの？」

「別に……あ、でもポテチとか食べすぎないようにはしてるかな。俺さぁ、油っぽいもの食うとすぐニキビできるんだよね」

「わかる。でもそれで我慢できてるのすごくない？」

「えー。だってさ、ニキビとかできてんの見られたくないし」

そう言う小野寺に首を傾げる。「誰に？」と聞くと、目を泳がせた。

「あー……えっと、紘乃とか？」

なんてわかりやすい嘘なんだろう。逃げるように小走りで教室に向かう背中を見ながら微笑ましい気持ちになる。

小野寺、好きな人がいるんだ。片想いか、もしくは恋人だろうか。

彼は誰とでも気さくに話しているから、正直言うとどの子が本命なのかわからない。

(……好きな人、か)

そう考えて思い浮かんだのはなぜか、彗の顔。

わたしにとって彗は初恋の相手で、今でも特別な存在だ。でも今抱いている彗への想いが『恋』かと言われると違う気がする。だって恋愛感情を抱けるほど彗と深く接することができていないのだから。

幼馴染として彗のことが心配なのは本心。

せめて何かできることがあればいいのに……。

＊

放課後、委員会を終えて会議室を出たところで彗のスマホが鳴った。

校内で使用禁止なのは授業中のみ。彗はスマホを耳にあてながらこちらに軽く右手を挙げて「じゃあ」というジェスチャーをした。今日はこれでさよなら、という意味だ。

同じタイミングで学校を出るんだから、駅まで一緒に帰る流れになってもいいのに。なんて不満に思いながら小さく手を振って先に帰ろうとすると。

「え、今日臨時休業っすか。……あー、はい。じゃあバイトはナシで。わかりました。お大事にしてください」

電話をしている彗がそう言ったのが聞こえて、思わず足を止める。

気になって振り返ると、眉間にシワを寄せた彗がスマホの画面をにらんでいた。

そのあとすぐに顔を上げた彗と目が合って、見ていたのがバレてしまう。

「ど、どうしたの？」

「あー。店長……いつもメインで料理作ってる人がぎっくり腰になったらしくて、今日は臨時休業だって言われた」

「そうなんだ」

彗がバイトをしているのは駅前の通りにある個人経営のレストランだ。厨房の仕事をしているのだと、彗本人ではなく小野寺から聞いた。

「急で大変だね」

「うん。どーすっかな……」

スマホで時間ばかり確認している彗。家に帰るにはまだ早いと思っているのだろう。

廊下の真ん中で黙ったまま立ち尽くすわたしたちの横を、多くの生徒たちが怪訝そうな顔をしながら通り過ぎていく。

　ぶつかられそうになって一歩踏み出した彗の体が、わたしのほうに寄った。

『予定なくなったなら一緒に帰らない？』

　たったそれだけの言葉が、喉につかえる。

　小学生の頃はすんなり言えたことが、どうして今は言えないのだろう。

　餌を待つ魚のように口を開けたり閉じたりしていると、彗が窓の外を見ながら言った。

「……あ。雨」

　視線の先を追うと、大粒の雨がガラスを濡らしている。

「嘘、そんな予報なかったのに」

　通り雨だろうか。それにしては空全体が暗く、分厚い雲がどこまでも続いているように見える。わたしは自分のカバンの中身を確認してため息をついた。

「紘乃、傘持ってないの？」

「うん。折り畳み、置いてきちゃったみたい。彗は？」

「俺もない。天気予報、ハズレだな」

「そうだね……」

　もしわたしが傘を持っていたらこの流れで自然に誘えたかもしれないのに、運が悪い。

彗はスマホで何かを検索した後、

「駅までバスで行くか」

と言った。

「バス？」

「もしかして知らない？　駅に行くバス」

「うん。みんな徒歩か自転車だと思ってた」

話しながら、どちらからともなく歩き出す。

どうやら学校の裏手にバス停があって、駅まで行くバスが出ているらしい。本数が少ないので登下校に使っている生徒は少ないとのこと。

「俺も、やむを得ないときだけ使ってる」

「そうなんだ。存在も知らなかったな」

「この際だし、覚えといたほうがいいんじゃない」

靴を履き替えて、並んで昇降口を出る。

「こっち」と、彗は裏門のほうを指さした。

……これは、このままバスに乗って一緒に帰るってことでいいのだろうか。

自分では何も言えなかったのに、予期せぬ展開で彗との時間が増えた。

少し緊張しながら、校舎の軒下伝(のきしたづた)いに彗の背中を追いかける。昔はしょっちゅう、彗の後をくっついて歩いていたっけ。あの頃とは背中の広さが違うけれど、右肩だけ少し下がるクセは直っていないみたいだ。

「ちょっと走れる？　濡れるけど」

「うん、平気」

彗の案内でバス停に着くと、丁度いいタイミングでバスがやってきた。

わたし、彗の順で乗り込む。思っていたよりも濡れずに済んだ。二人がけの椅子(いす)が一つだけ空いていたから座ろうとしたら、彗は外を見て「あ」と呟いた。

つられて窓の外を見ると、荷物を抱えたおばあさんが歩いてくるのが見える。運転手さんも気づいたようで、ドアを開けたまま発車を待った。こういうとき乗客の誰も文句を言わないのは、長閑(のどか)なこの町らしいなと思う。

「紘乃。ここ、あのばあちゃん座っても平気？」

「えっ、うん。もちろん。てかわたしが立つよ」

「いい。紘乃は座ってて」

彗はそう言うと、息を切らしながら乗り込んできたおばあさんに声をかけた。自分が座ろうとした席を指差してから、つり革がある前のほうに歩いていく。

傘を畳んでわたしの横に座ったおばあさんは、こっちを見て目尻のシワを深くした。

「あなたの彼、いい子ねぇ」

「えっ。彼、ではないんですけど……」

「あらぁ、そうなの。でも優しくてすてきね」

「……はい」

おばあさんがあんまり褒めるから、なんだかわたしが照れてしまう。

でも、彗が優しいのは昔からだ。

知らない人にもためらいなく優しくして、それを顔に出さないでしれっとしている。

小学生の頃のわたしは、彗のそういうところが好きだった。

つり革に摑まりながら音楽を聴く彗の横顔を眺めて、あの頃の気持ちが蘇るような錯覚に陥る。まるで彗の周りにだけ色がついているような、そんな感覚。

今日はどこまで一緒にいられるだろう。病院の帰りなのだというおばあさんと話しながら、「できるだけ長く」とこっそり願った。

駅に着いて、おばあさんと一緒にわたしたちはバスを降りた。大きめの袋を二つ持っていたのでわたしと彗で一つずつ持つ。これも何かの縁だと思い、改札口まで見送った。

「あなたたち、本当にありがとうね。最近の子たちはみんな親切ねぇ。お礼させて頂戴」

カバンから黄色の財布を取り出したのを見て固まる。千円札の肖像画が顔を出したので彗と顔を見合わせた。

「いや、平気です！　もらえないです」

「はい。俺たちそんなつもりだったわけじゃないんで」

普段表情に乏しい彗もめずらしく慌てている。

「でもわたしの気が済まないのよねぇ」

それでもなにかさせてほしいと譲らないおばあさんは、カバンの中から一冊のパンフレットと封筒を取り出した。

「じゃあこれ。お友達と一緒に集めてたんだけど、その人が入院しちゃってね。わたし一人で行くのは悪いから、あなたたちが使って。なんだか勿体ないじゃない？　このくらいならいいわよね」

おばあさんは半ば強引にわたしの手にそれらを押し付けると、また深々とお礼をして改札の中に消えていった。

「……俺のばあちゃんも、ああいうとこある。無理矢理小遣い渡そうとしたり、いろいろ食べさせようとしたり」

「あはは、なんかわかるかも」

それに、こういう交流があるのは地方特有なんじゃないかなと思う。前に住んでいた場所はもっと都会でたくさんの人がいたけれど、知らない人と話す機会なんてほとんどなかった。どこか温かいこの町の雰囲気がわたしは好きだ。

苦笑いしながらもらったパンフレットを見ると、大きな『わかばスタンプラリー』という文字が飛びこんできた。

「そんなのやってたんだな」

「ね。あ、しかももうほとんどスタンプ押してあるよ。応募すると何か当たるみたい……」

パンフレットの中身を確認してつい固まってしまう。

これは、若葉市が主催している『星めぐり』スタンプラリーだ。

その名のとおり、展望台やプラネタリウムなど星にまつわる施設を巡ってスタンプを集め、台紙に住所氏名を書いて応募すると豪華景品が当たるというイベントらしい。

学校に天文台を作るくらいだから、若葉市は空だけでなく『星がきれいに見える』こともウリにしている。今はあまりそのイメージはなくなってしまったようだけれど、町おこしとして復活させたいという意図があるのかもしれない。スタンプをもらえる対象施設の中には星形の最中(もなか)を売っている和菓子屋なんかも入っていて、ローカル感がにじみ出ていた。

横に視線を移すと、彗は意外にもパンフレットの景品の写真をじっと見つめている。

それは、スタンプを五つ全て集めると抽選に応募できる、大きな天体望遠鏡。

「あ……。このビクセンの大きい望遠鏡。これって、」

昴くんが欲しがっていたやつだよね。

そう言いかけて、すんでのところで口を閉じた。

しまった。彗の前では星や昴くんの話題は出さないと決めていたのに。

後悔していると彗は少しだけ目を細めて、

「うん。懐かしいな」

と呟いた。

主語はない。だけどわたしたちの間でだけわかる会話。

本当に懐かしんでいるような、でも苦しんでいるような、どちらともいえる表情に戸惑う。

何も言えずにいると、彗はわたしから一歩離れて「紘乃が使っていいよ」と言った。

「えっ、この紙？」

「うん。応募したら？　あのばあちゃん、ここまで集めたのすごいじゃん。スタンプ四個でも、このでかいクッションとか当たるかも」

「えー……」

星の絵柄が入ったビーズクッションは確かに可愛いけれど、懸賞なんてどうせ当たらないし、と思ってしまう。

それなら確実にもらえる参加賞とかそういうものを狙ってしまう性格だ。友人にはよく『夢がない』と笑われるけれど。

「あ、これ五つ全部集めると参加賞もらえるみたいだよ」

「へぇ」

下のほうに『五箇所全て回るともれなくすてきな景品をプレゼント！』と書かれているのを見つけた。あとスタンプ一つで景品。ここまでスタンプが集まっているのに何もしないのは少し勿体ない気もする。

最後の一箇所は、今いる駅ビルの最上階にある『ふれあい科学館』。

しかも、封筒の中身は入場料が無料になる特別優待券だった。『使って』と言っていたから、おばあさんはスタンプラリーよりもこのチケットをわたしたちに渡したかったのかもしれない。

「……彗ってさ、電車降りてからも歩き？」

「ん？　うん」

土砂降りだった雨は、先程よりは少し小降りになっている。だけどまだ止みそうにはない。

心の中で深呼吸をして、顔を上げて彗の目を見た。

「これ、最後のスタンプもらいに行かない？　ほら、ふれあい科学館っていろんな展示もあるし、見てるうちに雨止むかもしれないし。ここまで集めたおばあさんのためにも、なんて」

声も、パンフレットを持つ手も、震えてしまった。

でも、もう少しだけ、彗と一緒にいる理由が欲しい。こんなに話せるチャンスは滅多に訪れない気がする。そんな思いがよぎって勇気を振り絞った。おばあさんを理由にするのは少しずるいかもしれないけれど。

だけど彗の眉間にシワが寄ったのが見えて、すぐに言葉を取り消す。

「なんて、嫌だよね。ごめん。忘れて」

相手を怒らせるくらいだったら自分の意見をなくしたほうが楽だ。

笑ってごまかすわたしを見て、彗は、

「紘乃、本当に昔から変わってないよな」

と呟いた。

変わってない。今のそれはそんなにいい意味じゃない気がする。

だけど彗は時計を確認してから、駅ビルに続くエスカレーターのほうを指差した。

「いいよ。どっかで時間潰したいって思ってたから」

そうか。彗はまだ家に帰りたくないのか。

時間潰しでもなんでも、彗がわたしといることを選んでくれたのが嬉しい。

「ありがとう」

「うん」

会話は少ないまま、わたしと彗はふれあい科学館にやってきた。思わず「懐かしい」と言いかけて口を閉じる。

ここに来るのは確か三度目だ。

一度目も二度目も彗と一緒だった。もちろん、昴くんも。小学生のときに二人の両親に連れてきてもらったのだ。

思い出に浸るとキリがない。素早く目的を果たそうと受付の人に無料券とスタンプ台紙を渡すと、券は回収され、台紙はそのまま返されてしまった。

「こちら、天体コーナーの最後に係の者がいるのでそこで押してもらってください」

その説明に動揺する。天体コーナーを回らないとスタンプはもらえないらしい。

すると彗は何でもないように台紙を持って先に歩き出してしまった。

「ちょっと、彗……」

「ん？」

「無理しなくても大丈夫だよ」

「いや……なんか、思ってたよりも平気かも」

その言葉に驚いて横を見る。彗は天体コーナーの入り口にある大きなロケットのオブジェを見つめていた。

『でかい！　本当のロケットはもっとでかいんだよな？』

小学二年生の夏。無邪気に目を輝かせる彗に、昴くんが言う。

『うん。もっとずっと、何倍も大きいよ。俺たちが住んでるマンションよりもね』

『やば。うわー、乗ってみたい』

『俺も。やっぱ一度は憧れるよな。でも宇宙飛行士なんて本当に一握りの人間しかなれないしなぁ』

二人の会話にわたしは焦って尋ねる。

『彗も昴くんも、宇宙に行っちゃうの？』

『え？　紘乃、なんで泣きそうな顔してるの』

涙目のわたしの顔を昴くんが心配そうに覗き込んでくる。

星は好きだけど、観覧車やジェットコースターなどの高い乗り物が苦手なわたしは、一緒にロケットに乗ることができない。

いつも一緒にいる二人に置いていかれてしまうような気がして不安になったのだ。

理由を聞いてクスッと笑った昴くんは、わたしの頭を優しく撫でた。

『そのときは、紘乃が真ん中に座ればいいよ。俺と彗がずっと紘乃の手を握ってるから。それなら怖くないでしょ？』

……今思うと、宇宙に行くなんて何気ない冗談のような会話だった。

それでも昴くんは幼いわたしと向き合って不安を取り除いてくれたのだ。

昴くんと彗は性格は違うけど、優しいところは同じだった。

懐かしい。でも思い出すとやっぱり泣いてしまいそうになる。

「……本当に、平気？」

誘ったくせにわたしのほうがダメになりそうで唇を噛んだ。

それを見た彗はわたしの頭をくしゃりと撫でて「紘乃のほうが平気じゃないじゃん」と苦笑い。

『宇宙の誕生』から始まる、子どもでも理解できるような優しい説明。太陽、太陽系について、銀河や月について……。

どれも昔教えてもらった知識のはずなのに、忘れかけていたこともたくさんある。

彗はこまめに足を止めながら、一つ一つのパネルを読んでいく。

……その横顔と輝く瞳は、あの頃と同じだった。

「彗」

「ん？」

「……ううん」

ねぇ彗。やっぱり、星が嫌いになったわけじゃないんでしょう？

だって、『星なんてどうでもいい』なんて思っている人がそんな顔するはずがない。

でも、昴くんを失った悲しみ、そして家族の問題は、わたしにはどうすることもできない。

もどかしく思いながらゆっくりと展示を見て回る。出口まで行くと、職員の女の人がスタンプラリーの台紙にハンコを押してくれた。

「全て集めるなんてすごい！　よかったらこちらのクイズにも参加していきませんか？　ちょっと上級者向けなんですけど、ダブルチャンスキャンペーンに応募できますよ」

テンション高めの女の人は、くじ引きで使うような箱を差し出してきた。

中から一枚引け、ということのようだ。人からもらっただけだとは言いそびれてしまった。迷っていると「紘乃」と彗に呼ばれて、恐る恐る手を差し入れる。くじの類は苦手だ。十七年近く生きてきて何かが当たったためしがない。

箱の中から選んだ一枚の紙を開くとそこには、

【おうし座の目の辺りに輝く一等星の名前は？】

と書かれていた。

おうし座。その文字が目に入ってわたしは思わず彗のほうを見る。

彗はこっちを見ないまま小さな声で、

「アルデバラン」

と答えた。

「正解です！　やはりお詳しいんですね。もしかしてその制服、若葉西高の生徒さん？」

「は、はい」

「やっぱり。天文台が有名ですもんね。よかったらまた来てください。ボランティアガイドも募集してるので」

若葉西高の『天文部』の生徒だと思われたのかもしれない。星語りボランティアの案内チラシと、ダブルチャンスキャンペーンの用紙、そして参加賞の景品が入った袋を持ってビルを出る。

ダブルチャンスキャンペーンの景品は科学館のチケットだそうだけど、もし当たっても使う機会はないかもしれない。

「なんだか怒涛だったね」

「ああ」

「でもあのお姉さん、すごく楽しそうに働いてたね」

「確かに。よっぽどあの仕事が好きなんだな」

「……うん」

なんとも言えない気持ちと微妙な空気のまま一緒に電車に乗る。意外にも別れは切り出されない。このまま家の最寄りの駅に着いたら彗はどうするのだろう。今日くらいまっすぐ家に帰ったらいいのにと思うけれど、そんな保護者みたいなことは言えない。

十七時半過ぎの電車は、高校生やスーツを着た大人でそこそこ混んでいた。三十分近く隣にいたのにろくに会話もせず、二人で電車を降りた。

まだ小雨が降っている。灰色の分厚い雲が空を覆っていて、夜のように暗い。

「紘乃って、今はどこに住んでんの？」

「あ、小学校のほうなんだ。二丁目のスーパーの近く。わたしはてっきりマンションに戻るんだとばっかり思ってたんだけど、さすがに都合よく空いてなくてさ」

初めて彗のほうから近況を聞かれたかもしれない。彗は「ちょっと待ってて」と言って駅前のコンビニに入った。すぐに戻ってきた彼の手には、ビニール傘が一本。

「最後の一本だった」

「そっか。今日の雨、予報になかったからみんな買ったのかもね」

「だな。送る」

傘を広げた彗の口から出た言葉に、耳を疑ってしまった。だって小学校は彗の家からは反対の方向にある。遠回りになってしまうし、第一、傘も一本しかない。

「いいよ。もう少し待ったら止むかもしれないし」

「わかんないだろ。いいから、行こう」

わたしのほうに傘を傾けた彗は、じっと目を見つめて頷いた。その黒く濡れたガラス玉のような瞳には魔法のような引力がある。強引な優しさにノーと言えないのは子どもの頃も同じだった。

「ありがとう」

「ん。こっちも助かる」

「え？」

「いや、あんま早く帰っても仕方ないから」

何も返さずに頷く。どんな理由でも、まだ一緒にいられるのが嬉しいと思ってしまう。

線路沿いの道を少し歩いて、人通りが少なくなったところで彗が口を開いた。

「……さっき、クイズのとき。おうし座が出て惜しいって思った」

「やっぱり？　わたしも」

驚きに少し大きな声が出てしまう。彗は目を伏せながら少しだけ口元を緩めた。

さっきのクイズの答えは『アルデバラン』だった。

だけどわたしがおうし座と聞いて真っ先に思い浮かべたのは、おうし座の肩のあたりで輝くプレアデス星団。

なぜなら、プレアデス星団の和名は『すばる』。昴くんの名前の由来になった、肉眼でも観察できる美しい散開星団だ。元々は「結ぶ」とか「集まる」という意味があるらしい。人望があっていつも人に囲まれていた昴くんにぴったりで、ずっと覚えていたのだ。

「プレアデス星団の問題もあったのかな」

「どうだろう。もし昴がいたら、さっきの人に聞いてたかも」

彗の口から昴くんの名前が出た。

それだけで胸が締め付けられるような、たまらない気持ちになる。

……今なら、離れていた間のことを聞かせてもらえるだろうか。

「ねぇ、彗。昴くんと何があったの？」

「昴？」

「うん。『いろいろあった』って言ってたじゃん。ずっと気になってたんだけど聞かないほうがいいんだと思ってた。だけど、」

どうしても、彗が昴くんのことを嫌いになるとは思えないんだよね。

わたしの言葉に、彗は目を見開いた。

そして前を向いてうつむいた後、深く深く息を吐いた。

「……すげー、情けない話だよ」

チラリとこっちを見た彗は、どこか叱られる前の子どものような顔をしている。「それでもいいよ」と頷くと、再び視線を外して話し始めた。

「昴って、昔からすごかっただろ。勉強もスポーツもできて、児童会長とかやって」

「うん」

大げさではなく、わたしはこれまでの人生の中で、昴くんほど完璧な人に会ったことがない。

幼い頃は、自分たちも大きくなれば自然と昴くんのようになれるのだと思っていた。だけどそれは間違った認識だったと今ならわかる。昴くんがすごいのは、昴くんの才能、もしくは努力があってこそだったのだ。

「中学にあがっても紘乃が知ってるそのままのスペックでさ。生徒会長だったし、陸上部で地方大会まで行ったたし、成績も常にトップスリーに入ってたし……とにかく有名人だった」

「小野寺も言ってたけど、本当にすごかったんだね。漫画みたい」

「うん。……だから俺は中学に入学したときから『村瀬昴の弟』って扱いでさ」

雨の音が一瞬だけ強くなる。

そんな、と漏れた声は、きっと彗には届いていないだろう。

「昴に憧れて同じ陸上部に入ってみたんだけど、それで尚更比べられて。長く勤めてる先生に『兄貴のほうが優秀だ』って言われてんの聞いたりして」

自嘲気味に苦笑いする彗。

その表情が痛々しくて言葉を失ってしまう。

「昴の記録に負けたくなくていろいろ頑張ってみたけど、敵うところなんて一つもなくて。そういう不満が重なって、あの頃はなんとなく昴を避けるようになってたんだよね。ガキだったなぁ、って思うけど」

わたしが引っ越してからも二人で行っていた天体観測。中学二年生になったあたりから、昴くんに誘われても無視していたらしい。

昴くんは確かにすごい。でも、いくら兄弟でも昴くんと彗は別の人間だ。比べる必要なんてないくらい、彗には彗のいいところがたくさんある。そのとき彗のそばにいて、それを伝えてあげられたらよかった。

「……彗は彗なのに」

そう呟くと、彗は喉を詰まらせて、少しだけ泣きそうな顔をした。

もしかしたら彗は、これまで誰にも弱さを見せられずに過ごしてきたのかもしれない。お母さんが塞ぎ込んでしまって、お父さんは生活を立て直すことに精一杯で。劣等感とか後悔とか、そういったものを吐き出すことができなかったのだろう。

「俺は、俺……」

「うん。少なくともわたしは、どっちがすごいとか考えたことなかったよ」

顔を上げると、小学校からの帰りによく寄った公園が目に入った。

遊具の使い方を教えてくれたのは昴くん。

どうやったらもっと楽しく遊べるかを一緒に考えたのは、彗。

二人とも、幼い頃のわたしにとってなくてはならない存在だった。そう伝えると彗は目を見開く。

「昴くんのことを受け入れるのはやっぱりまだ難しいけど、とにかくわたしは彗にまた会えて嬉しいって思ってるから」

苦しい思いをしながら、それでも生きていてくれた。今はとにかく、彗と再会できたことを喜びたい。

精一杯の笑顔で伝えると、彗は照れたのか顔を背けた。

いつの間にか雨が上がっていることに気づいて傘を畳む。遠くに薄ら(うっす)と虹が見える。

「俺も、紘乃にまた会えてよかった」

と、小さな声が聞こえた。

——そしてわたしたちは公園に立ち寄って、七年という時間を埋めるみたいに少しずつ話をした。

彗も小学校の児童会長をやったこと。中学一年生の後半から背が急に伸びたこと。小野寺とはふざけてプリクラを撮るくらい仲が良かったこと。昴くんのことで落ち込んでるときに励まそうとしてくれたのに、余裕がなくて突っぱねてしまったこと。昴くんの母校だから迷ったけど、知っている人が少ない高校に行きたくて若葉西高を選んだこと。どれも、わたしの知らない彗だ。

「わたしはね……」

転校して割とすぐに友達ができた。中学校では吹奏楽部だった。本当はフルートがやりたかったけど、希望者が殺到していたので譲って三年間クラリネットを担当した。部活でも教室でも争いや冒険が嫌いで、いつも無難に過ごしてきた。仲の良い真央という親友ができて、同じ高校に進学した。今は少し疎遠気味だけど、真央がいいなら夏休みか冬休みには会いに行きたいと思ってる。

「なんかごめん。つまんないことばっかりで」

特に頑張ったことも面白い体験もないことに気づいて苦笑すると、彗は首を横に振った。

「俺、紘乃が変わってなくて、本当は安心してた」

「え。安心?」

「うん」

「あはは。諦めがちだって、小さいときも言ってたもんね」

諦めるのが早い。八方美人。自分自身はどうしたいの。

これまで何度も言われたことを頭の中で反復する。すると彗は言葉を選ぶような間の後、雨あがりの空を見ながら口を開いた。

「そうだけど、そうじゃないっていうか。俺、実は、紘乃が人の気持ちとか空気を読んで立ち回れるの、すごいなって思ってたから」

どこか照れくさそうに言われて、こっちまで恥ずかしくなる。

わたしはずっと、自分がつまらない人間だと思っていた。頑張ることが苦手で、たとえ自分が損をしても楽な道ばかりを選んで、それを親や先生に指摘される度に直さなければと意識していた。

でも彗は、そんなわたしのことをすごいと言ってくれた。

涙が出そうなのに顔が熱い。心に火が灯ったような、そんな感覚もある。

「紘乃？」

「……ごめん、見ないで」

返事をしないわたしの顔を彗が覗き込んでくる。

赤くなっているであろう顔を隠すように顔を背けると、彗の指先がわたしの目尻へと伸びてきた。驚きと同時に心臓が跳ねる。

「泣いたのかと思った」

「な、いてない……」

「そっか。それならよかった」

一瞬だけ触れた、温かくて、でも「男の人」という感じがする固い指先。わたしは緊張しているのに、なんでもないような表情でわたしに触れる彗は子どもの頃のままの気持ちなのだろうか。

「暗くなってきたし、帰るか」

小学校のほうを指さす彗に小さく頷く。まだ一緒にいたい。でも、話せば話すほど自分の気持ちばかりが大きくなっていきそうで怖かった。

「彗、今日はありがとうね。楽しかった。彗にとっては無理やりだったかもしれないけど」

「いや、平気。俺も久々に楽しかった」

一瞬だけ目尻を下げた彗の表情が、幼い頃と重なる。

わたしは思わず景品の入った袋を握り締めた。

わたしを家の前まで送ってくれた彗は、来た道を戻っていった。

このまま家に帰るのか、どこか寄り道をするのか。前者であってほしいと願いながら背中を見つめる。

……どうか、彗が少しずつでも、心から笑えるようになりますように。

祈るだけじゃなく、近くにいて彗を笑顔にできたら。……なんて、わたしにしてはめずらしく、少し積極的なことを考えた。

# 4　それぞれの気持ち

——小学四年生の、ある日。

その日は彗が友達と遊びに出かけていて、久しぶりに昴くんと二人きりで部屋で宿題を教えてもらっている最中だった。それまで算数の話をしていたはずだったのに、昴くんは突然思わぬことを口にしたのだ。

『紘乃は彗のこと、好きなの？』

いつも穏やかで中学生とは思えないくらい大人っぽい昴くんが、あのときばかりはいたずらっ子のような顔をしていた。わたしはゆっくりと瞬きをして、それからぽかんと口を開ける。

『な、なに言ってるの昴くん』

『なにって……そのままの意味だよ』

『好きって、恋愛の好きのこと？』

『うん』

照れくさくて恥ずかしい。小学校中学年のわたしにとって『恋愛の話』はそんな認識だった。昴くんも恋愛に興味があるんだ、意外だな。そう思ったのを覚えている。

『うーん……』

昴くんも彗くんも、同じくらい大切な幼馴染。

四つ上の昴くんはわたしにとって『優しいお兄ちゃん』だ。

だけど、彗は……。

『ねぇ。恋愛の好きってどういう感じか、昴くん知ってる？』

クラスには片想いをしている人がたくさんいる。

彗のことを好きだという子もいて、それとなく協力を頼まれたこともあった。

『え？　そうだな……その人とずっと一緒にいたいって思ったり、その人を独り占めしたいって思ったり、かなぁ』

昴くんの答えに驚く。だって、クラスの女子に『彗との仲を取り持って』と言われたときに、真っ先に胸が痛んだ。

結局断ることなんてできずに手紙を渡す手伝いをしたけれど、彗とその子が付き合うことにならなくてホッとした。そんな自分は意地悪な人間なのかもしれないと思った。だけど、とどのつまりわたしは『彗をその子に取られたくない』と感じていたのだ。

『……じゃあ、好きなんだと思う。彗のこと』

机の上のノートに視線を落としながら紡いだ言葉。

わたしの返事を聞いて、昴くんは嬉しそうに笑った。

そしてわたしの肩にそっと手を置いて、こう言ったのだ。

『よかった。……彗はああ見えて、自分に自信がないやつだからさ。この先もできれば紘乃がそばにいて、支えてやってほしいな』

昴くん、一体何を言ってるんだろう。彗は行動力もあって、人気者で、友達もたくさんいるんだから自信がないなんてあり得ないよ。そう思ったけれど口には出さなかった。

初めての恋。距離が近すぎて実感なんて湧かない。でも、昴くんの言うとおり、ずっとそばにいられたらいいなと願う。

『わたしで支えられるかなぁ』

『紘乃なら平気だよ』

『じゃあ、昴くんも一緒にいてよ。三人で支え合えば大丈夫だね』

そう言ったら昴くんは大きく瞬きをして、それからまた笑う。

あの頃のわたしは、このまま三人でずっと、高校生になっても大人になっても変わらず過ごしていけると本気で思っていた。

＊

夏本番が近づいている。

今年は梅雨（つゆ）入りが遅く、梅雨が明けるのはまだまだ先になるらしい。じめじめとした暑い日と肌寒い日が交互にやってきて、風邪をひくクラスメイトも何人かいた。

「ごめん、日直代わってやれなくて」

「ううん、平気。わたし暇だし」

日直の人が欠席した場合、クラス委員のわたしか彗が代理で仕事をすることになっている。彗は相変わらずバイトを詰め込んでいるから、放課後はわたしが日誌を書くことが多い。笑って「平気」なんて言ったけれど内心はやはり面倒くさい。でもどちらかがやらなければならないから、やる。係の仕事なんてそんなものだ。

「いつも助かる。……今度、なんか奢（おご）るから」

「えっ？　いいよそんなの」

慌（あわ）てて否定すると、彗は小さく首を横に振った。

「飯でも甘いもんでも、食いたいもの考えといて」

「へ……」

聞き間違いかと思ったけれど、彗がどことなく気まずそうな顔をしているから本当に言ったのだとわかる。

じゃあ日誌頼むな、とカバンを持って教室を出ていく彗。小さく口を開けたままその後ろ姿を見送る。

わたしと彗の距離は、科学館に行った日を境にちょっと近づいたと思う。昔のことや昴くんに対する本音を少しでも聞けたからだろうか。再会した頃と比べたらたくさん話すようになったし、何気ない会話も続くようになった。

ちなみにあのスタンプラリーの参加賞は星空のイラストとキャラクターが描かれたクリアファイルだった。「こんなもんだよね」と笑ったけれど、意外にも彗はそのファイルを学校で使っている。

そして、彗とは特に席が近いわけじゃないのに、日常のふとした場面で目が合う。わたしが彗を見ると、彗もこちらを見ている。視線が交わって、どちらからともなくそらす。そんなことを繰り返している。

「紘乃、日誌終わった?」

「今書き終わったとこ。待っててくれてありがと」

「ん」

　髪をポニーテールにまとめた美羅(みら)がわたしの顔を覗(のぞ)き込んでくる。今日は美羅と帰る約束をしていた。

「どっか寄ってく？　スタバとか」

「美羅がそう言うなんてめずらしいね。早く帰らなくて平気なの？」

「うん。ママ、今日は夜の仕事ないみたいだから」

「……そっか。いいよ、丁度今日新作の写真見てさ、飲みたかったんだよね」

　普段、早く帰って妹たちやおばあさんのお世話をしている美羅だけど、月に数回はこうして寄り道ができる日がある。他愛もない話をしながら駅まで歩いて、駅ナカにあるスタバに入った。

「わたし新作にする。スイカのやつ。美羅は？」

「わたしは抹茶(まっちゃ)フラペチーノ。混みそうだから席取っとくね」

「うん」

　美羅がコーヒーではなく甘い系の飲み物を頼むときは機嫌がいいことが多い。早く帰って家事をしなくて済むのがよほど嬉しいのだろう。

　一緒にいるとき、美羅はたまに『帰りたくないな』と呟(つぶや)く。

その様子が、家が嫌でバイトを詰め込んでいる彗と重なる。それと同時に、自分は『家に帰りたくない』と思ったことが一度もないことに気づいた。

平凡な家庭に生まれた一人っ子のわたし。両親は共働きだけれど、母は夕方には帰ってきて家のことをやってくれる。父も無口ながらに家族の時間を大切にしているように思う。

特別なドラマもハプニングもない、普通の家族。それがいかに尊くて恵まれたものか、最近になってわかってきたのだ。

自分と違って頑張っている美羅はまぶしく、同時に少し心配にもなる。

フラペチーノの入ったカップを持って美羅が取ってくれたテーブルに行くと、近くに座っていた他校の制服の男子生徒がチラチラと美羅のことを見ていた。声をかけるつもりなのかと思っていたけれど、スマホをいじっている美羅が一切顔を上げないから彼もタイミングが摑めなかったようでそのまま店を出て行ってしまった。

「ねぇ、斜め後ろの男子、美羅に話しかけようとしてたけど」

「そうなんだ。全然気づかなかった」

「え。わざと無視してるのかと思った」

「いや、そんなに他人のこと気にしてないから。特に男子」

真顔でそう言った美羅は、わたしが持ってきたカップを見て少し頰を緩ませる。

「ありがと。お金送るね」

「う、うん」

立て替えていた代金を電子マネーでもらう。端数が少し多く送られてきたから断ったけれど「いいよ」と言われた。

「……前から思ってたけどさ、美羅って男子苦手なの？」

先程の態度と言葉で、知り合ってからずっと気になっていたことが確信に変わる。

教室でも、美羅が男子と話しているところを見たことがない。それどころか声をかけられても「うん」とか「わかった」とか、必要最低限の返事で済ませている気がする。元々口数が少ないタイプだけれど、男子には特にそっけないと感じていた。

「苦手なわけじゃないよ」

ストローに口をつけながら美羅が言う。

「そう？　勘違いだったかな」

「うーん、苦手ってよりは『嫌』かな」

さらっと言われて大きく瞬きをする。

男子が嫌。話すのが苦手どころか、そもそもあまり関わりたくないのだそう。

「嫌って、生理的に無理とか、そういう……？」

「それに近いかも。男っていってもいろいろな性格な人がいるのはわかってる。でも、うちのママは男関係で苦労してるし、わたしは一生男に頼らないで生きていきたいんだ」

真顔でそう宣言して美羅はストローを啜った。

これまでざっくりとしか聞いていないけれど、彼女のお父さんがあまりいい人ではなかったらしい。

一生、男の人に頼らない。真央たちとは恋愛の話で盛り上がることが多かったから、そういう考えの友達は初めてだ。でも恋や結婚は義務なわけではないし、どんな生き方を選ぶかは人それぞれだよね。自立して生活する美羅の姿は簡単に想像できる。

「美羅ってさ、今まで一回も男子と付き合ったことないの？」

「……ある。中学のとき」

「えっ」

「向こうから告られたからOKしてみたんだけど、こっちから何もしなかったらフラれた」

意外な話に驚く。聞けば、学校で声をかけるのもラインをするのも全て向こうからで、一ヶ月経つ頃に『つまらない』と言われてしまったらしい。

「ろくに話したこともないのに理想抱いて、期待通りじゃなかったらフるとか勝手じゃない？　それもあって、もう一生男と付き合わないって誓った」

「あはは、なるほど……」

　笑って相槌を打ちつつ、誰かに想いを寄せられたことのないわたしは美羅の気持ちを百パーセント理解できるわけじゃない。

　はっきりわかるのは、美羅が自分の考えをしっかり持っているということ。益々わたしとは正反対だ。

「紘乃は？　元カレとか」

「いないよ。逆にいると思う？」

「うん、普通に紘乃は男子ウケ良さそうだけど。村瀬とはヨリ戻さないの？」

「へっ？　ヨリ？」

　まさかの質問に、口をつけたばかりのスイカ味のフラペチーノを噴き出しそうになる。甘くて冷たい氷が喉に引っかかるような感じがした。

「ヨリも何も、彗とは付き合ったことないし」

「そうなんだ。でも最近仲良さそうだよね。よく話してるし」

　彗とのこれまでのことは概要程度に話してあった。だけれど、「初恋の相手」だとか恋愛がらみのことは伝えた記憶がない。

「紘乃みたいな、おとなしくて尽くす系の女子のほうが男は好きそう」

悪気のない態度で言われて、「あはは」と乾いた笑いが出た。放課後の委員の仕事を引き受けていることを尽くしていると思われているのかもしれない。彗は普段の号令や昼休みの雑用をやってくれるから、わたしとしてはお互い様なのだけれど。

何も返せないまま、ただストローを噛んでいると窓の外を見知った顔が通った。彼もこちらに気づいて、笑顔で手を振った後、店内に入ってくる。

「紘乃、美羅、グーゼン。何飲んでんの？」

「小野寺……」

気まずくなりかけていた空気が、小野寺の登場で一気に明るくなる。小野寺はわかりやすくムードメーカーな男子だ。

いつも笑顔で、友達が多くて、班決めなんかで余っているような人がいたら声をかける。どことなく、昔の彗に似ているような気がしていた。

当然のように小野寺はわたしの横の椅子に腰掛けて身を乗り出した。

「美羅のは抹茶？」

「……うん」

「いいね、俺も好き」

「そう」

あからさまにそっけない美羅。その態度を気にしないといった様子で小野寺はわたしのほうを向く。

春はミルクティー色のカーディガンを着ていたけど、衣替えの後はTシャツでのお洒落に切り替えたようだ。半袖の白シャツの中に派手な色のTシャツを着ているのがわかる。こんなの、陽キャの小野寺だから許される着こなしだ。

「ここで会えて丁度よかった。紘乃、これあげる」

そう言って小野寺が自分のカバンから取り出したのは、わたしが好きな星ネコというキャラクターのぬいぐるみストラップだった。

「えっ。これ、駅前のゲームセンターにあったやつ」

それは、前に美羅と一緒に帰ったときにクレーンゲームで見かけたものだ。

レアな虹色の星を抱えているネコが欲しくて何回かやったけれど、全く獲れる気配がなくて諦めた。その後もフリマアプリで買うか迷うほど気になっていた。

「なんで？」

「俺、あんとき別の友達とあのゲーセンいたんだよ。つーかプリクラの近くですれ違ったじゃん」

「あ……そうだったっけ」

「紘乃が泣きながらやってたの見てたから代わりに獲ってきたってわけ」

「泣いてないよ！　でも……」

　素直に受け取ってしまっていいのだろうか。

　迷っているうちに、ストラップをポンと手のひらの上にのせられてしまった。

「紘乃のために獲ってきたんだから、もらってよ」

「じゃあ、お金払うよ」

「いいって。つーかそれ、二百円で獲れたし」

「えっ？　二百円？」

　動く様子もなかった景品を、たったの二百円で獲ってしまったなんて。驚いていると、小野寺は爽やかに微笑んだ。

「俺、結構クレーンゲーム得意だからさ。またなんか欲しいものあったら、お金使いまくる前に言って。もちろん、美羅もね」

「……取ってつけたように言われても」

「違うって。美羅が好きなもの、わからないからさ。教えてよ」

　漫画のヒーローのような台詞を言われても眉ひとつ動かさない美羅は、本当に男子が嫌なんだとわかる。

「気持ちだけもらっとく」

そう言って立ち上がると、トイレに行くと言って席を外してしまった。小野寺は肩を落としてわたしのほうを向く。

「ほんと、そっけないよなぁ。ていうか紘乃と美羅が仲良いのって意外だよね」

「そう、かな」

「うん。性格真逆って感じじゃん？　二人が仲良くなって最初びっくりした。美羅、一年のとき浮いてたし」

へぇ、と曖昧な返事をする。特に誰かから聞いたわけではないけれど、それはなんとなく気づいていた。

「もっと適当に愛想振りまいとけばいいのに、勿体ないよなぁ」

呟きながら、小野寺はスマホをいじり始める。モバイルオーダーをしたらしく、さっと立ち上がってドリンクを持ってきた。中身はアイスコーヒーだろうか。甘い系じゃないのが意外だ。

一方で、美羅はなかなか戻ってこない。側から見ると小野寺と二人きりでカフェでお茶をしている状況だ。内心困惑していると、小野寺は視線を落としたまま口を開いた。

「それより紘乃さ、彗のバイト先って行ったことある？」

「え。ないけど」

　突然出てきた彗の名前に驚く。

　小野寺と彗は同じ中学出身で当時は仲が良かったらしいけれど、四月頃の二人の間には明らかに温度差があった。だけど最近は彗の雰囲気が柔らかくなったこともあり、よく一緒にいるのを見かける。

「そっかー。紘乃ならあるかもって思ったんだけどなー」

　言いながら見せてきたスマホの画面には、駅前の通りにあるレストランの情報が表示されていた。落ち着いた、お洒落な雰囲気の店だ。パスタが絶品なのだと書いてある。

「料理もうまそうじゃない？　行ってみたいんだけどさ、俺一人じゃなかなかね」

「小野寺、友達いっぱいいるじゃん」

「男同士で行くような雰囲気でもなくない？」

「誰か女友達でも誘えばいいんじゃない？」

　確か、小野寺は前に好きな人がいるような発言をしていた。恋人か片想いか知らないけれど、その相手を誘っていけばいいのに。

　薄くなり始めたフラペチーノをさっさと飲み切ってしまおうとストローを吸うわたしに、小野寺は言った。

「うん。じゃあ紘乃、一緒に来てくれない？」

からかわれているのかと思った。

だけどその顔は真剣で、いつものヘラヘラとした態度ではない。

「な、なんでわたし？」

「だって紘乃が一番、彗と仲良いでしょ。……たぶん、俺よりも」

どこか切なそうに言う小野寺もきっと、わたしと同じように彗のことを心配しているのだ。少しずつ開いてきている彗の心。小野寺とまた仲良くすることでさらに前向きになってくれればわたしも嬉しい。

そんな気持ちで小野寺の要望に頷いてしまったのだけど、いくら友人同士とはいえさすがに二人きりは人目が気になる。わたしは席に戻ってきた美羅にも同行を頼んだ。

最初はあからさまに嫌そうな顔をした美羅も、レストランのスイーツメニューを見たら興味を示してくれた。頼み込んで、『彗と小野寺の仲を取り持ちたい』のだと伝えたら、美羅が予定のない放課後についてきてくれることになった。

＊

「こんな店あったんだ。知らなかった」

「ね。でも意外とカジュアルっていうか、来やすいね」

茶色を基調とした店内には、落ち着いたクラシック曲がかかっている。平日の夕方だというのに満席に近かった。

小野寺も美羅もわたしもスイーツを頼んだ。値段もリーズナブルでわたしたちのような高校生客も多い。

「カップルばっかだ」

小野寺の言葉に胸を撫で下ろす。やっぱり二人きりで来なくてよかった。学校の誰かに見られて勘違いされたら小野寺に申し訳ない。

少し待って、注文したものが運ばれてきた。定番のショートケーキと、夏にぴったりのアフォガード。グラスに入っていて見た目もお洒落だ。ショートケーキは断面の苺がハートの形に切られていて可愛らしい。

わたしが頼んだクラシックショコラだけ少し遅れると言われたので了承した。高校生のアルバイトだろうか、同じくらいの年代の男性ウェイターがお辞儀をして去っていく。

「彗は厨房らしいから会えないかなぁ」

そうだ、彗はキッチンで仕事をしているのだと言っていた。

キッチンからは客席が見えないだろうから、そもそもわたしたちが来たことすら気づいてもらえない。

「え、村瀬がキッチンだってわかってたのに来たの？　意味なくない？」

美羅がわたしと小野寺を交互に見て呆れたように言った。よく考えれば美羅の言うとおりなのだけど、突然の誘いだったから深く考える余裕はなかった。

「いや……まぁ、店に来たかっただけだし」

小野寺が目を泳がせながら答える。

「ふーん。なんか、小野寺ってイメージと違うね」

「俺が？　どんなイメージだったんだよ」

「なんていうか、もっとチャラチャラしてるのかと思ってた」

「失礼だなぁ。チャラかったことなんてないから。な、紘乃」

「え。そうなの？」

とっさに返した言葉に、小野寺は肩を落とす。そんな彼を見て美羅はクスクス笑っている。

もしかしたら少しずつ小野寺に心を許してきたのだろうか。険悪な雰囲気にならないほうがわたしも助かる。

「てかアフォガード溶けちゃうよ。二人とも先に食べて」

わたしのケーキが運ばれてくるのを待ってくれていた二人に、食べるよう促す。ケーキはともかくアイスは早めに口をつけるべきだ。

「……じゃあ、」

と二人がカトラリーを持ったところで、テーブルの上にあった美羅のスマホのバイブが鳴った。

届いたメッセージを見て、美羅は一気に顔をしかめる。

「うわ。やっぱ今日、ママ夜の仕事も行くみたい」

「え。そうなの？」

「うん。だから帰る。弟たちのお迎え行かなきゃ。どっちか、これ食べていいから」

ケーキに手をつけないまま、美羅は財布からお金を出してテーブルの上に置く。

「じゃあ俺食うから、払わなくていいよ」

小野寺がそう言って美羅にお金を握らせる。少しのやり取りの後、美羅が折れて財布にしまった。

わたしに再び謝って、美羅は店を出ていく。

……結局、小野寺と二人きりになってしまった。多少周りの目が気になるけれど、小野寺が何でもない様子でアイスを頬張っているから肩の力が抜けた。

　中学生じゃあるまいし、わたしのほうが意識しすぎか。

「夜の仕事って、どんな？」

「さぁ。飲食店としか聞いてない」

「ふーん。友達同士なのに案外話さないんだ」

「だって美羅、家族のこと聞くとちょっと嫌そうな顔するし。ていうか、友達の親の仕事って普通詳しく聞く？」

「まぁ、それもそうか」

　小野寺は頷きながら、美羅が頼んだショートケーキを食べていいよという風にわたしの前にずらしてきた。「いいの？」と尋ねようとしたところで、すぐ後ろから声が聞こえた。

「紘乃？　……と、晶斗？」

　見上げるとそこにいたのは、店の制服姿の彗。

　手にはトレーを持っている。どうやらわたしが頼んだクラシックショコラを持ってきてくれたようだ。

「彗」

　ナプキンで素早く自分の口を拭いた小野寺が笑顔を向ける。大きめの声だったので多少視線が集まった。

「なんでお前ら……」

戸惑いが顔に出ている彗。さっきまで美羅もいたんだよと言おうとして、小野寺の声に消されてしまう。

「厨房担当じゃなかったっけ」

「いや……人足りないときはホールに出ることもある。それにさっき、西高のやつが来てるから俺の友達じゃないかって言われて」

「そっか。それにしても彗、制服似合うな」

小野寺の言うとおり、彗はレストランの制服をうまく着こなしている。細身の黒いパンツと、白シャツの上に着たベストがスタイルの良さを際立たせている気がする。大人の男の人、あるいは物語の中の執事のようで見惚（みと）れてしまった。

「見られてラッキーだったよな、紘乃」

「えっ、うん」

見惚れるくらいかっこいい、なんて本人に言えるはずがない。直視できないまま頷くと、わたしの前にケーキがのった皿が置かれた。

「お待たせしました。クラシックショコラです」

ガチャ。レストランの給仕にしては少し大きめの音がした気がする。

「ありがと……」

お礼を言っても彗と目は合わない。さっきまでの驚いた表情は消え、完全に「店員」の顔になっていた。

「彗、何時までバイト？」

「今日は九時過ぎ」

「そっか。頑張ってな」

「ああ」

一礼すると彗はカウンターの中に戻っていった。

小野寺はその後ろ姿をぼんやりと見つめている。

「会えないと思ってたけど、ラッキーだったね」

「……うん。よかった」

小声で嬉しそうに言って、残りのアイスを口に運ぶ小野寺。

……その顔や様子に何となく感じる、違和感。だけど何が引っ掛かっているのか自分でもわからない。テンションが高いのも、ニコニコ笑っているのもいつものことなのに。

「また来ようぜ。今度はパスタも食ってみたいよな」

帰り道、鼻歌交じりにそう言って歩く小野寺は、小さい子どものようにも見えた。

＊

「あのー……斎藤さん？」

翌日の休み時間。美羅との教室移動の途中に突然声をかけられて足を止める。

声の主は、今まで話したことのない二人組の女子だった。上履きは同じ緑色だから同学年の他のクラスの子たちだ。どちらもメイクをしていて少し派手な印象を受ける。

「わたし？」

「うん。斎藤さんって、もしかして晶斗と付き合ってるの？」

「へっ？」

思いもよらない質問に間抜けな声が出た。晶斗と言われるととっさにわからないけれど小野寺のことだ。

「いやいや、ないない」

どうしてそんな話になったのか。慌てて否定すると、二人はお互いの顔を見合わせて、それからわたしの顔を見て「そうだよねぇ」とあっさり頷いた。

「でも、仲良いよね？」

「仲良いっていうか、オリ遠足の班が一緒だったから話すようになっただけだよ」

「そっかぁ。いいな、あたしも理系にすればよかったぁ」

「あんた数学壊滅的じゃん」

「そうだけど〜、晶斗と同じクラスうらやましいもん」

やっかまれる流れかと身構えたけれど、どうやら自分はライバル認定すらされてないみたいで胸を撫で下ろす。話を聞く限りこの子たちは小野寺と付き合っていたわけではないらしい。片方の子が声を抑えて言った。

「あたし結構本気だったんだよね。でもいつもかわされちゃってさ。三組に晶斗の本命っぽい子っている？」

思わず美羅と顔を見合わせる。

……小野寺の、本命。

彼はきっと恋をしていると思う。でもそれだって、本人から聞いたわけではない。憶測で話してはいけないと、十七年近く生きてきたらさすがにわかる。

美羅は口を開く気配がない。わからないと答えると彼女たちは「そっかぁ」とあっさり去っていった。隣の隣のクラス、五組の人たちだったらしい。気さくで明るい雰囲気は、どこか小野寺と似ている。

「おーい紘乃、美羅。待って」

……噂をすれば、だ。後ろから廊下を走ってきた小野寺は、背も高くて声も大きいので視線を集める。さっきの女子たちが自分の教室から顔を出してこっちを覗いているのが見えた。

「俺も一緒に行っていい？」

「いい、けど……」

「ありがと。そうだ紘乃、駅前のゲーセンに星ネコのでかいぬいぐるみあったよ。また取ってこようか？　てか今日一緒に行こうよ、みんなでさ」

注目されるのは苦手だ。あらぬ噂の的にされるのも苦手。

だからといって『話しかけないで』なんて自意識過剰なことは言えない。

笑って流すわたしの横を彗が通り過ぎた。

「なぁ彗。今日の放課後、暇？」

小野寺が声をかける。彗が振り返る。先にわたしと目が合って、そしてそらされた。

「いや、今日は委員会あるから」

「あ……」

この学校では夏休み明けすぐに文化祭があるため、もう実行委員会の集まりが始まっている。クラス委員のわたしと彗も週に一度の会議に参加していた。

「ごめん小野寺、今日はわたしも行けないよ」

委員会のことを思い出して謝ると、彗に名前を呼ばれる。

「いや、俺はいいから紘乃は行ってきていいよ。前に一人で出てもらったときあったし」

彗がバイトの調整ができなかったとき、わたし一人で会議に出たことがあった。でもそれはやむを得ない事情があったわけで、遊びに行くのとは訳が違う。

「いやいや、わたしも委員会出るよ」

笑いながら言うと、彗は感情のない目でこっちを見てきた。

「この間、何かお礼するって言ったじゃん。あれ、委員会とかそういうので返すよ」

（……え）

突然の言葉に目を見開く。

『飯でも甘いもんでも、食いたいもの考えといて』

そう言われて、この辺りで人気のスイーツとか、彗と行ったら楽しいだろうなと思うような店をいくつか調べた。小さい頃、彗はケーキといえばモンブランばかり食べていたけど、今でも好きなのかな。そんな思い出を、ぐるぐると巡らせながら。

なのにどうして急に、突き放すようなことを言うのだろう。

あれからたった数日しか経っていない。知らず知らずのうちに気に障るようなことを言ってしまったのだろうか。

お礼も奢りもいらないから、一緒に委員会に出て、何か食べに行って。そしてこの間の科学館みたいに、他愛もない話をたくさんしたい。そう思っていたのに。

「じゃあさ、別の日は？　彗、いつなら暇？」

戸惑うわたしをよそに、小野寺が尋ねる。けれど、

「だから、行かないって言ってるだろ」

小野寺のことを強い口調で突き放して、彗は先に歩いていってしまった。わたしも小野寺も、何も言い返す間もなく予鈴が鳴る。

「みんな、言いたいことがあるならハッキリ言えばいいのに」

美羅が、早足で歩きながら呟いた。

相手が特別であればあるほど、冷たくされたときの衝撃は大きい。大切だからこそ、嫌われたくなくて言葉を選ぶ。美羅にはわからないのかもしれないと、ぼんやり思ってしまった。

＊

結局わたしは委員会に参加して、特に発言することなく三十分の会議を終えた。彗は終了と同時に軽く挨拶をして部屋を出ていった。今日もバイトなのか、それすらも聞けていない。

帰り道、小野寺から『今から会えない？』とラインが来ていることに気づいて軽くため息をつく。スタバで、と言われたので、なるべく人目のない場所のほうがいいと返す。指定されたのは、学校と駅の間にある一本入った通りの高架下だった。

「待ってたの？」

「んー、紘乃と話したくて」

軽薄な発言と共に、彼は冷たい紅茶のペットボトルを渡してきた。受け取れないと言っても押し付けられる。駐輪スペースの傍にある申し訳程度のベンチに彼が腰をかけたので、わたしも横に座った。

「話ってなに？」

「んー……」

呼び出してきたくせに、小野寺は煮え切らない態度で黙ってしまった。

暑さで、汗が頬を伝っていく。

拭うためのハンカチを出そうとすると、小野寺はわたしのカバンを指差した。

「あれっ、星ネコつけてないじゃん。気に入らなかった？」

「いや。そういうわけじゃないよ。部屋に飾ってる」

さすがに、恋人でもない男子からもらったものをカバンにつけるのは気が引ける。小野寺の中では普通のことだったのだろうか。

「なんだ、よかった。次はぬいぐるみだな。結構でかいんだよ。彗も来れるといいけど」

写真撮ってきたから見る？　とスマホを出した小野寺に体を向ける。

このままじゃ本当に大きいぬいぐるみを獲ってプレゼントしてきそうな気がする。

「あのさ」

「なに？」

「えっと……ストラップは確かに嬉しかったんだけどね、さすがにこれ以上はもらえないよ」

「ええ、なんで？　俺たぶんそんなに金かけないで獲れるよ」

「お金のこともそうだけど、それだけじゃなくて。やっぱ悪いし」

「いいんだよそんなの。俺、紘乃と仲良くなりたいだけだから」

歯の浮くような台詞。それを本気にするほど純粋ではない自分が嫌になる。

『小野寺って最近、斎藤さんのこと狙ってんのかな』

そんな噂話を何度か聞いた。やたら絡んでくるようになったから誤解されているのだろう。

「……小野寺がわたしに優しくするのって、彗との仲を取り持ってもらいたいからでしょ？　そんな機嫌取るようなことしなくてもいいよ」

わたしにしてはハッキリ言えた。美羅が聞いたら拍手をするかもしれない。

大きく瞬きをした小野寺は固まって、それから目を泳がせる。

「あー……ごめん。バレてた？」

「わかるよ。何かと彗、彗って言うし。ゲーセンもさ、わたしじゃなくて彗を誘いたいんだろうなって」

「まじか……」

言い返してこないということは、肯定。ようはダシにされていたわけだ。小野寺は両手で自分の顔を覆ってうつむいた。

中学のときや前の高校で、男子から恋の協力を頼まれたことが何度かあった。わたしは『優しいから手伝ってくれそうな雰囲気がある』らしい。褒められているのか都合よく思われているのか微妙だけど、距離を縮める手助けをした経験がある。

今回はそれの友情バージョンだ。だけど相手は彗。事情が事情なだけに、同じように協力したくても力になれる自信がない。

「でもごめん、わたしもまだ完全には心開いてもらってなくてさ」

「……でも、幼馴染ってだけで特別じゃん。うらやましいよ」

そう呟いた声が、どこか泣きそうに聞こえた。

初夏のぬるい風がわたしの頰にあたる。それが少し湿っぽいにおいがしたような気がして空を見ると、さっきまで晴れていたはずの空が鈍色の雲で覆われているのに気づいた。梅雨はまだ続いている。

「特別、だったらよかったんだけど」

そう嘆いたら、形のいい目ににらまれてしまった。

「どっからどう見ても、彗の紘乃に対する態度は他のやつと違うよ。自信なさすぎ」

「だって、自信なんてある訳ないよ、七年も離れてたのに。辛いときにそばにいられなかったし、わたしより小野寺のほうが彗と仲良いと思う」

自虐気味に言うと、彼は顔を上げないまま低い声を出した。

「近くにいたのに、何もできなかったほうがしんどいよ」

それはきっと、いつも軽い彼が初めて聞かせてくれた本音だ。

本当に、本当に、彗のことが大切なのだ。何よりも、他の誰よりも——……。

レストランで感じた違和感がまた顔を出す。その気持ちは、友情と呼ぶには大きすぎる気がした。

「小野寺にとって、彗ってそんなに特別な友達なの？」

返事がない。だけど何か言いたげな顔をしている。

話を聞こうと体勢を変えた瞬間、彼がベンチに置いていた水のペットボトルに手が当たってしまった。蓋が閉まってなかったみたいで、そのまま彼のほうに勢いよく倒れる。

「うわっ」

「あ、ごめん！　大丈夫⁉」

「平気……あ、スマホ濡れた」

慌ててペットボトルを起こしたけど、彼が手元に置いていたスマホを濡らしてしまった。

「ほんとごめん、壊れちゃった？」

「いや、普通に防水だから。拭けば問題ないって」

そう言いながら、小野寺は黄色いスマホカバーを外す。

そこに見えたものに、わたしは思わず「あ」と声を出してしまった。

小野寺のスマホの裏に貼ってあるのは、星のスタンプで縁取られた、色褪せたプリクラ。目が大きく加工された男の子が二人写ってて、その下にはひらがなで『けい』『あきと』と書かれている。

「小野寺と、彗？」

慌ててプリクラを隠して顔を背ける小野寺の耳や首が赤くなっていく。

それを見ていたら彼に感じていた違和感にやっと答えが出た。

「……もしかして、小野寺って」

ついそう呟いてしまうと、彼は顔を上げた。

「いや。これは、違うんだ。またこのときみたいに戻れればいいって思ってて、それだけだから。別にどうこうなりたいとかでもないし」

必死な様子で弁解すればするほど、わたしが辿り着いた答えが真実味を帯びていく。

こんなとき、どう声をかけるのが正解かわからない。小野寺の気持ちは悪いことでもなんでもないと、彼を傷つけずに伝える言葉がとっさには思い浮かばなかった。

やがてごまかしきれないと諦めたらしく、彼は深くうなだれた。

「……キモい、でしょ」

こんなボロボロのプリクラをいつまでも貼って、幼馴染の紘乃を使って近づこうとして、制服姿が見たくてバイト先まで行って。俺だって、何が何だかわからない。と、ヤケになったように一気に捲し立てる小野寺は、いつもの人当たりのいい彼ではなかった。

「小野寺、落ち着いて。キモいとか思ってないから」

「……」

「ごめん、びっくりはしたけど。でも」

――彗のこと、恋愛の意味で好きなんだよね？

そう聞いても、反応はなかった。

でもうなだれる姿を見たら、返事がなくても小野寺の答えはわかってしまった。

雨の匂いが濃くなる。ぽつりぽつりと涙のような雨が降ってきた。高架橋の下にいてよかった。

「……最初は、そういうんじゃなかったんだよ。明るくて、人見知りで地味な俺にも声かけてくれて、そんな彗をすごいって思って、こういうふうになりたいって憧れて……」

弱い雨にかき消されそうな声。まるで誰かに言い訳をするように小野寺は話す。

わかるよ。わたしも、彗のそういうところが魅力的だと思っていた。まるで自分と会話しているような気分だ。

「ていうか、小野寺って地味だったの？」

「うん、ほら」

開き直ったのか、小野寺はもう一度プリクラを見せてくれる。長めの前髪に、縁のない眼鏡、ぎこちない笑顔。プリクラで加工されているとはいえ、目の前にいる彼の面影はない。

小学校高学年の頃から、女子よりも男子のほうが気になることに気づいた小野寺は、自分が変だと思うあまり自信を失って、なるべく人と関わらないようにして過ごしていたのだと話してくれた。

そんな小野寺に手を差し伸べたのは、彗。

わたしは中学生の彗のことを知らない。だけど小野寺の心を救う彗の姿は簡単に想像できる。

「普通に友達として仲良くしてたのに、そのうちに彗が他のやつと話してるの見てモヤッとしたり、一日中、彗のことばっかり考えてたり。こんなのもう、好きだろって」

相手を独り占めしたい、ずっと一緒にいたいと思うのが恋。

そんな昴くんの言葉が頭をよぎる。

「……その気持ちって、彗は知らないんだよね？」

わたしの質問に、小野寺は眉を吊り上げた。

「当たり前じゃん。バレたら引かれて終わるって」

「そうかな……」

「だって俺、今まで生きてて、自分と同じように男が好きって人に会ったことないよ」

わたしの顔を見てそう言った小野寺は、苦しげな表情をしていた。

男女共に人気があって、陽キャで、いつもケラケラ笑っている彼はどこにもいない。もしかしたらそれらは全部作り物で、今目の前にいる彼が本物の小野寺なのだろうか。

「ドラマとかさ、男が男に好きって言って、簡単に受け入れてもらって。あんなの夢物語だよ。現実だったら相手に引かれて友達ですらいられなくなるのがオチだね」

「……」

そんなことないよ、と言いかけて飲み込む。

わたしは当事者のことを何も知らない。

「だからせめて彗の近くにいるのにふさわしい存在になりたくて、見た目に気を使って、人見知りも直して。ずっと仲良くやってたんだよ……中二の冬までは」

中二の冬。そのワードに息を呑む。

昴くんが亡くなったときの話だ。

「あいつ、かなり塞ぎ込んで、ピクリとも笑わなくなっちゃってさ。遊びに連れ出したり、あいつが好きだった漫画とかゲーム持っていったりしてもダメで」

当時のことを思い出したからか、小野寺は悔しそうに唇を噛み締めた。

「どうにかして笑わせてやりたかったんだけど、しつこくして怒らせた。そっからずっと気まずくて……なのに追いかけて同じ高校に入ったんだよ。ウケるよね」

一年で同じクラスにもなれなくて、接点もなくなって。

彗への気持ちを忘れたくて、そもそも同性を好きになるのをやめることができないかとも考えて。男女問わずいろいろな人と関わるようになったのだと話してくれた。

——彼が抱えているものの大きさは、わたしには想像することができない。

恋をして、その相手が同性だからと悩んだ。それだけではなく、好きな相手が塞ぎ込んで話すことさえままならなくなったのだ。

それはどんなに苦しくて切なかっただろう。遠い場所で、星を見ながら彗のことを思い出して『元気かな』なんて考えていた自分が酷く呑気に思える。

「なのにさ、二年になって転入してきた紘乃は彗と知り合いっぽくて、クラス委員やってるうちにどんどん距離詰めてってさ。正直めちゃくちゃ悔しかったよ」

「……ごめん」

小野寺は、彗がクラス委員に名乗り出たときからわたしと彗の関係が気になっていたらしい。あのときだって彗はそっけなかったけれど、転入してきたばかりのわたしを心配して一緒にやってくれたのだと今ならわかる。

「だからまずは紘乃と仲良くなれば、俺も前みたいに彗と喋れるようになるかもしれないって思ったんだけどな」

「俺、性格悪いよな」と呟く小野寺に、首を横に振る。

だって、彗のことを想って、追いかけて、笑わせてあげたいって頑張るなんて、性格の悪い人間ができることじゃない。その一途な気持ちがすごいと思う。こんなに彗のことを大事に想っている人が近くにいるんだと、本人にも知ってほしいと思うくらいだ。

顔を背けた小野寺は、そのまま空を見上げた。ただの通り雨だったらしく、いつの間にか雨はあがっている。

「巻き込んで悪かったよ。変な話もしてごめん」

「いいってば。てか、小野寺はただ彗を好きになっただけなんだから、それは絶対悪いことじゃないと思うけど」

そう伝えたら小野寺はただでさえ大きな目をさらに見開いた。

もう一度スマホの裏のプリクラを見て、大きく息を吐いてからわたしに向き合う。

「……俺さ、無理に消さなくていいのかな。この気持ち」

「うん。いいと思うよ。彗だって偏見持つような人じゃないと思うし」

「そっか。彗は確かに、そうだよな……」

頷いた小野寺は、まるで憑き物が落ちたように爽やかな顔をしている。飾り気のない少年みたいな笑顔が眩しい。

「よし。やっぱ俺、もうちょっと心開いてもらえるように頑張るわ。改めて頼むけど、協力してくれる?」

わかったと返事をしてからハッとする。

頼ってもらえるのは嬉しいし、まっすぐな彼に幸せになってほしいなと思う。

だけど心のどこかで、余計なことを言ってしまったのかもしれないと感じている自分もいる。

だって、わたしだって彗のことを——……。

いろいろと考えているくせにはっきり言えないまま、『どうしたら昔みたいに彗と話せるようになるか』をあれこれ話し合う。その答えは、わたしも知らないのに。

＊

……無理に遊びに誘わず、まずは教室での会話を増やしていく。

それが、わたしと小野寺が考えた『作戦』だった。

何気ない話をするのは意外と難しい。特に小野寺と彗は『昔仲が良かったけど、今はそうでもない』という微妙な関係だ。それはわたし自身にも当てはまるから、距離の詰め方に迷う気持ちはよくわかる。

だけど男同士なぶん、小野寺が彗に話しかけても特にまわりから注目されることはない。挨拶、次の授業の話、アプリで昨日配信された漫画、男子に人気の配信者について。そんな当たり障りのない話題を小野寺は適度に振っていく。彗が好きなバンドの曲も聴きこんできたらしく、新曲について盛り上がっていた。

好きな人の前ではベストな自分でいたいと努力している小野寺。髪を完璧にセットして、肌にも気を使って、相手の興味に合わせた会話のリサーチも完璧。自己満足だと言うけれど、そんな彼がどこかまぶしく思える。

思えばわたしは、恋愛のために頑張ったことなんてなかった。

彗への初恋だって何も伝えられずに終わったし、中学生のときに気になっていた先輩は挨拶する関係止まりだった。結局、自分から踏み込んで拒絶されるのが怖いのだ。よく

『当たって砕けろ』って言葉を聞くけれど、砕けて元に戻れなくなるのは嫌だという気持ちが先に来てしまう。

一緒にいたいから頑張る。相手を笑わせたいから頑張る。

そう思って行動できる人が、この世界にはどのくらいいるのだろう。

「クラス委員ー。ちょっと次使う地図運ぶの手伝ってくれー」

休み時間、地学担当の山野辺（やまのべ）先生が教室の扉から顔を出してそう言った。

立ち上がると彗と目が合って、そのまま二人で教室を出る。

……彗と視線が交わるのは久しぶりな気がする。実際には数日間の話なのだけど、あんなに何度も合っていた目がバイト先に行った翌日あたりから合わなくなったので気になっていた。話だって、委員をやる上での必要事項くらいしかできていない。

何となく避けられているような、でも考えすぎのような、僅（わず）かな関係の変化。それがこんなにも気になってしまうのはどうしてなのだろう。

お互いに黙ったまま先生に連れられてやってきたのは、渡り廊下の向こうの旧校舎。あの階段を上ったところにある天文台で彗と再会したんだ。

実はあれ以降も何度か、一人で扉の前まで行ったことがある。もしかしたら彗もいるんじゃないかって思って、でも本当にいたら何を話していいかわからなくて。結局、鍵が壊れているその扉を開ける勇気が出なかった。

歩きながら、彗はチラッと天文台に目を向けた。

やはり今も出入りしているのだろうか。

でも、天文台や星のことは、あの科学館以来話せていない。もしかしたらまた拒絶されてしまうかもと思ったら何も言えない。

「天文台、勿体ないと思わない？」

「えっ」

見ていたことに気づかれたのか、山野辺先生が天文台を指さして言った。

とっさに「そうですね」と当たり障りのない返事をするわたしと、無言で頷くだけの彗。

その反応に「二人ともおとなしいなぁ」と、先生は苦笑いする。それ以上は特に深掘りしてこないので、ただの雑談だったようだ。

『資料室』と書かれた部屋の扉を先生が開ける。中に入ると埃っぽい匂いがして思わず顔をしかめた。

「ああ、これこれ。先生は地球儀を持っていくから、二人はこの世界地図を運んできてくれ。鍵はそのままでいいよ」

指さした先にあったのは、筒状に巻かれた地図が何本もささった段ボール箱。それも二つ。紙は黄色く変色していて、明らかに古い物だとわかる。

地球儀を抱えて先に出て行った先生の足音が聞こえなくなってから、わたしと彗はそろってため息をついた。タブレットを使わず黒板に紙の資料を貼りつけて授業するなんてめずらしいなとも思う。

山野辺先生はベテランで、もう十年近くこの学校に勤めているらしい。先生の地学の授業は面白いけれど、本人はちょっと変わっている。チャイムが鳴って教室に入ってきてから、最低でも十分は豆知識を披露するのがお決まりなのだ。テーマは今話題のニュースについてのときもあれば、授業より踏み込んだ地球や宇宙についてのときもある。選択科目で地学を選ぶ人は少ないからわたしたちが興味を持ってくれて嬉しいのだと話していた。

彗は無言のまま片方の段ボール箱に地図をどんどん移していく。慌てて止めるとわたしの顔を見て首を傾(かし)げた。

「だって紘乃、こんな重いの持てないだろ」

「え、持てるよ。子どもじゃないんだから」

「ずっと握力のテストDランクとかだったのに？」

「いつの話？　てか彗、そんなこと覚えてたの？」

運動神経が鈍いわたしは、昔から体育の成績も悪かった。一年で一番憂鬱なのは結果が数字になる体力テスト。Ａランクまみれの彗はよくわたしのことをからかってきたっけ。

「……覚えてるよ、紘乃のことは」

顔を見ないままそう言って彗はわたしに片方の段ボールを渡してくる。それには地図の筒が二本しか入ってない。それに引き換え、彗が持ち上げた段ボール箱には筒がぎっしり詰まっていた。

「彗。わたしも、もっと持てるよ」

「いいから。行くぞ」

なんなの。急に、どうしてそういう態度を取るの。

心臓の音が速まって、息の仕方を忘れたように苦しくなる。

急いで軽い段ボール箱を持って、彗の横に並んだ。

「彗、なんだか今日は普通だね」

「普通？　なにが？」

「えっと……最近、怒ってるような感じがしてたから。小野寺がゲーセン誘ったときとか」

正直に言うと、彗は足を止めた。彗？　と名前を呼んでわたしも立ち止まる。

「……あれは、ごめん」

嫌な態度を取った、と謝ってくる彗。彼は昔から自分が悪いと思ったら素直に謝るタイプだった。そういうところも、幼いながらに尊敬していたことを思い出す。

「なんつーか、晶斗と紘乃が仲良いから、なんとなく面白くなかったっていうか」

こちらを見ないまま、尻窄みに言う彗。その耳が赤く見えるのは、古ぼけた窓から西日が射しているからだろうか。

彗にも小野寺との仲を誤解されてたのか。慌てると同時に、彗はわたしのことなんてそんなに見ていないと思ってたから驚く。

「違うんだよ、わたしと小野寺はそういう関係じゃなくて、友達で……」

誤解を解きたい。でも、小野寺と仲良くしている理由をうまく説明できない。

黙っていると、彗は迷うように視線をさまよわせた後、横目でこちらを見て言った。

「……転入生の紘乃がいろんなやつと仲良くすんのは良いことのはずなのに、俺、幼馴染失格だな」

苦笑いして再び歩き出す彗の後ろ姿を眺める。嫉妬のようにも聞こえた彗の言葉に胸が詰まったような感覚になって、返事すらもままならない。

こんなに意識してしまっているなんて、わたしこそ幼馴染失格だ……。

結局まともに弁解ができないまま、彗の隣を無言で歩いて教室へ戻った。

地図の入った箱を教卓の横に置いた後、彗の肩に小さな埃がついているのに気づいた。昔だったら勝手に触って取ったはずなのに今はそれができない。

……この手で彗に触れると考えただけで、緊張する。

逡巡（しゅんじゅん）していると、小野寺が駆け寄ってきた。

「委員お疲れー。あれ。彗、肩に埃ついてる」

「まじか、どこ？」

「俺取るよ」

埃を取ってあげた小野寺に彗がお礼を言う。わたしはそっと距離をとって自分の席に戻った。そのまま何かを話している二人の周りに何人かの女子が集まっていくのが見える。

「二人、最近よく一緒にいるよね」

「まぁね、俺ら同中だから」

「そうだったの？　だから仲いいんだ」

そう言われて、小野寺は嬉しそうにはにかんでいる。よかったねと微笑ましく思う気持ちが半分。もう半分は――……。

「そうだ。あたしずっと気になってたんだけど、村瀬くんのペンケースに貼ってあるシールってバンプの？」

ある？」

「あたしのお父さんとお兄ちゃんも好きだよ。あたしも気になってるんだけど、おすすめ

「うん。知ってんの？」

「うーん、ちょっと待って。プレイリスト見せる」

彗のスマホを覗き込む女子の姿を見て、すぐ隣で小野寺が唇をきゅっと嚙んだのがわかった。

鏡を見ているわけではないけど、わたしも今同じような顔をしているだろうと思う。

この『もう半分』の気持ちの意味には気づいてる。

わたしし、小野寺と同じ気持ちで彗のことを見ている——……。

「紘乃、眉間のシワすごいけど、またなんかあった？」

前の席の美羅が振り返って聞いてくれる。なんでもないよと微笑んで、彗たちの声が耳に入らないように他愛もないことを話した。

＊

「小野寺ってもしかして、ゲイかバイだったりする？」

放課後のマックで美羅が放った言葉に、わたしと小野寺は顔を見合わせた。小野寺は食べていたポテトをトレーの上に落とした。それくらいの衝撃だった。

「紘乃、言ったの？」

「言ってないよ！　勝手に言うわけない」

慌てて否定すると、美羅が口を挟んできた。

「紘乃から聞いたわけじゃないよ。あんたの村瀬への態度見て、何となく思っただけ。違ったらごめん」

美羅は意外と人の気持ちに敏感だ。そのくせ配慮が足りないからハラハラすることも多い。自覚はしているようだが簡単に改善できることでもないらしい。

「まじか。俺そんなにわかりやすかったかな」

小野寺は少し考えて、そしてため息をついた。

「……美羅ならまぁいっか。だって基本他人に興味ないでしょ？」

「うん」

「そういうやつは面白おかしく言いふらしたりしないだろうから」

諦めたように小野寺は言う。確かに美羅は噂話を広めるようなタイプではない。それどころか、必要以上に他人と話さないのだ。

「やっぱりそっか。小野寺っていつもヘラヘラしてるけど、わたしや紘乃狙いじゃなさそうだなって感じてはいた」

「狙いって……美羅、自信満々だね」

「だって男子がやたら話しかけてくるときってそんなのばっかりだし。そのせいで誰かに恨まれんのも面倒だから」

わたしと小野寺は顔を見合わせて苦笑いする。

美羅は男子への警戒心が人一倍強い。その整った容姿ゆえに恋愛関係で嫌な思いをしたことがあるのかもしれない。中学のとき、クラスで一番可愛い子が女子のリーダーに嫌われていたことを思い出した。さすがに高校ではそんなあからさまなトラブルは見ないけれど。

「小野寺、村瀬に告白したりするの?」

美羅の質問に、小野寺は目をさまよわせながら長考した。何十秒かの沈黙の後、ゆっくりと口を開く。

「……いやー、無理。でもまぁ、いつかは言えたらいいなって思ったりするけど。二人はどう思う?」

それを聞いて内心驚いてしまった。小野寺が気持ちを伝えたいと思っていたなんて。

偏見はないけれど、『大丈夫』『いけるよ』なんて無責任に言えるほど簡単な問題ではないことも知っている。答えに迷うわたしの代わりに美羅が「それはわたしたちが決めることじゃないでしょ」と冷静に返した。

「だよなぁ。でも何よりまずは彗に元気になってもらうことが先だな」

「ああ、お兄さんのこと？」

「そう。前みたいにだいぶ話してくれるようにはなったけど、なんかいつも疲れてるような、どっか遠く見てるような気がして心配になるんだよね。なぁ、紘乃」

「え？　う、うん」

話をふられて頷くけれど、ほとんど反射のようなものだった。

「目の下にクマあるしさ、どんなに楽しく話していても他のことを考えてるっつーか……。心ここに在らず、みたいな？　あいつ、ちゃんと寝れてんのかな」

深刻そうな小野寺の言葉に驚く。

科学館の帰りに話を聞いてから、彗は少しずつ立ち直ってきているのだと思い込んでいた。

再会した頃と比べたら明るくなり、人と話すときの冷めた雰囲気も薄れていたのだ。そしてそれは少なからずわたしの励ましがあったからだと、心のどこかで自惚れていた。

彗との距離に一喜一憂して、小野寺の気持ちに焦って。思えばここ数日、彗自身の心配をしていなかった気がする。

目の前にいる小野寺のほうが、よっぽどしっかり彗に向き合っていたのに。

「そういや彗って星が好きだったよな？　なんだっけ、こないだネットニュースで見た……ナントカ食。イベントっぽいし、彗のこと誘ってみよっかな」

心臓が大きく脈を打つ。

スピカ食、と呟いたら小野寺は「それそれ」と頷いた。

彗は『中二ごろから昴とすれ違って星を観ることが減った』と言っていた。その前に出会っている小野寺が、彗が星が好きだったことを知っていても不思議ではない。好きな物を観たら気分転換になるかも、と小野寺はどこか嬉しそうに言った。

「さすがに男二人ってのもアレだし、紘乃と美羅も行こうよ」

「え。それって夜だよね？　わたしはたぶん行けないと思う」

家のことが忙しい美羅は、今日みたいに寄り道をしたとしても十八時前までには家に帰ることが多い。今年のスピカ食の時間は確か二十時半頃だ。

「そっか。紘乃は？　八月十日って空いてる？」

スマホで日程を調べた小野寺が聞いてきた。

「空いてる、けど」

「じゃあ二人で誘ってみよーぜ。彗の息抜きになるかもしれないしさ」

……それは、それだけはダメだ。

今年のスピカ食を観に行くのは、わたしと彗と昴くんの間の大切な約束。いくら叶わないとしても、他のメンバーで観に行くのは嫌だと心が叫ぶ。

「小野寺」

「ん？」

「えっと……」

とっさに名前を呼んでから、言い訳を探す。わたしに小野寺を止める権利はないと気づいて下唇を噛んだ。

「やっぱりなんでもない。けど、わたしもスピカ食は行けないかな」

「なんだそっか。うーん。なんか他に気分転換になりそうなとこ探すかなー」

それから美羅の予定ギリギリまで小野寺の話を聞いて、電車で帰った。

美羅は全く別方向の路線、わたしと小野寺は途中まで同じ電車。小野寺は、自分の気持ちをさらっと美羅に打ち明けたことに関して「俺、人を見る目には自信あるんだ」と、目尻を下げて笑っていた。

……その日の夜。お風呂を済ませてあとは寝るだけ、というタイミングでライン電話がかかってくる。画面に表示されているのは美羅の名前だった。

『もしもし、紘乃？』

「うん。どうしたの？　めずらしいね。電話なんて」

めずらしいどころか、美羅から電話がかかってくるのなんて初めてだったかもしれない。

スマホの向こうからはいつもより低い声が聞こえてくる。

『いや……紘乃はどう思ってるのかなって』

「どうって？」

『小野寺のことに決まってるじゃん。紘乃だって村瀬のこと好きなんでしょ』

「え。ちょっと待って、美羅」

彗への思いをちゃんと自覚したのは最近だった。だけど美羅は遠足のときからわたしの気持ちに確信を持っていたらしい。

彗のことを話すときの声も表情も、違う。

そう指摘されて顔から火が出そうになる。

『それとも、小野寺の気持ちは叶うわけないって思って余裕なの？』

「なにそれ。そんなこと思ってないよ」

言い返しながら声が小さくなっていくのがわかる。

小野寺の気持ちは本物だ。だけど、いつか気持ちを伝えられたら、と話す小野寺のことを心配してしまったのも事実。気持ちは肯定したくせに両想いは難しいと思っているなんて、我ながら無責任だとも思う。

『小野寺と紘乃じゃ状況が違うけど、とにかく、わたしはどっちの味方もしないからね』

サッパリとした美羅らしい考えだ。どちらか一方の味方をしたら、もう片方を見放すことになる。それは恋愛に限らずどんな場面でも同じだ。

「うん。わたしのほうは大丈夫」

『は？』

「だってたぶん、小野寺のほうが彗を想ってた期間長いんだよね。性別のことは確かに難しい問題なのかもしれないけど、わたしも小野寺を応援したいっていうか」

『……』

「それにほら、わたしと彗は幼馴染で、あっちはそれ以上に思ってないだろうから」

今更恋心を打ち明けたら、小野寺を傷つけることになるだろう。中立の立場を取るという美羅のことだって少なからず惑わせてしまう。そう思って諦める理由を並べていく。

『……ふーん。ほんと紘乃って、人に遠慮してばっかりだよね』

呆れたようなため息が聞こえた。そのとおりだと心の中で苦笑する。

結局のところ、気持ちのまま行動して誰かに嫌われるのが怖いのだ。相手を思いやっているように見せて、守っているのは自分自身の立場や心。彗との関係だってこれ以上踏み込んで崩してしまうのを恐れている。

『ごめん、言いすぎた』

黙っていると、真剣な声色で謝られた。

「ううん、本当のことだし」

『別に怒ってる訳じゃないから。さっき、なんかいろいろ言いたそうにしてたけど言わなかったから、気になっただけ。紘乃はもっと自信持っていいと思うけど』

「……ごめん。ありがとう」

口下手な美羅なりにわたしを思ってくれていたようだ。さすがの美羅も照れたのか、お互いに無言になった。電話の奥で「お姉ちゃん」と呼ぶ声が聞こえる。妹がそばにいたらしい。『じゃあまた明日学校でね』と通話が切れた。

自信を持つとか、遠慮をやめるとか、性格をいきなり変えるのは難しい。

でも、本音を隠して接するのは相手に失礼なのかもしれない。上辺だけの関係ではなく、仲良くしたいと思う相手だから、尚更。

『わたしも彗のことが好き』

そう、小野寺に言っておくべきなのかもしれない。

小野寺とのトーク画面を開いて気持ちを文字にしようとする。だけどやっぱり直接話そうと思い直して、打つのをやめた。

部屋の窓を開けて顔を上げる。暗く広い夜空に夏の星座たちが瞬いている。

その輝きを眺めながら、明日小野寺に伝える言葉を考えた。

——だけど。

＊

「なぁ、知ってる？　小野寺の話」

「あー、聞いた。本当なの？　どっち？」

「マジだったらさ、あいつのこと好きな女子かわいそーじゃね？」

「いやいや、あり得ないでしょ。さすがに……」

翌日の学校、二年生のフロアは一つの話題で持ちきりだった。

……小野寺晶斗は同じクラスの村瀬彗のことが好き。ライクではなく、ラブの意味で。

朝、登校してすぐにその噂が流れていることを知って背中を冷たい汗が流れた。もちろん、わたしは誰かに言いふらしてなんかいない。美羅も否定した。

噂の対象となっている二人はまだ教室には来ていない。慌てて小野寺にメッセージを打とうとしたけど、そのタイミングで小野寺は教室に入ってきてしまった。

「おはよー、って、何？　どしたのみんな」

いつものテンションで挨拶をした小野寺に視線が集まる。一瞬の沈黙の後、小野寺と比較的仲のいい人たちが近づいていった。

「晶斗ー、お前のこと好きだった女子たちかわいそーじゃん」

「村瀬いいやつだもんなぁ。イケメンだし」

小野寺が本来人気者だからか、みんな明るくいじっている。最初は状況が飲み込めてない様子だった小野寺も、みんなの話を聞いて自分に何が起きたのか理解したようだった。

「あー……廊下でめっちゃ見られたのって、そういうことか」

うつむいて目をそらす彼に、女子たちがフォローを入れる。

「ちょっと、冷やかすのやめなよ」

「それな。今どき別に普通じゃん。あたしは応援するから！」

みんな良かれと思って言っているんだろうけれど、小野寺は苦笑いを浮かべていた。いじられるのも気を遣われるのも、本人からしたらきっと同じなのだ。

「やだな、みんな。そんなの冗談だって……」

小野寺が言いかけたところで彗が前の扉から教室に入ってきて、二人の目が合う。おそらく噂が彗の耳にも入っているのだろう。彗はほんの少しだけ眉を顰めた。心配になって小野寺のほうを見ると、彼はひどく傷ついた顔をしていた。

「……っ」

彗を見て黙ってしまった小野寺に、周囲が騒つく。

「やっぱり本気なのかな」「いいじゃん、イケメン同士」「えー、俺的にはないわ」「つーか最近仲良かったのってそういうこと？　てか二人って……」「だからやめなって」

様々な声が飛び交う混沌の中、始業のチャイムが鳴って先生が入ってくる。

わずかに顔を歪めながら小野寺は席についた。彗も誰とも話すことなく静かに自分の席に座る。

小野寺のことが心配だ。だけど今、クラスメイトたちの前で自分にできることはない。

どこか微妙な空気のまま、朝のホームルームと一限目の数学の授業は進んでいった。

休み時間になると同時に小野寺は教室を出て行った。振り返った美羅と共に彼を追いかける。意外と足が速い彼と、鈍足のわたし。足の長い美羅が階段を一段飛ばしで下りて、先に小野寺に追いついた。

「……あんた、泣いてんの？」

「っ、泣いてないよ」

美羅に腕を摑まれて振り返った彼は悔しそうな顔していた。それを見て胸が苦しくなる。

「言っとくけど、わたしと紘乃はバラしたりしてないからね」

「……だろうね。だって二人、友達いないじゃん」

「それは……うん」

悲しい理由ではあるけれど、小野寺はわたしたちのことを疑っていなかったようだ。わたしにも美羅にも、噂話を面白おかしく話せるような友人はいない。昨日のマックでは西高生の制服もちらほら見かけた。なるべく声の大きさには気をつけていたつもりだったけれど、聞かれてしまったのかもしれない。

「たぶん昨日のお店だよね。わたしたちもごめん。ちゃんと場所選べばよかった」

「二人は悪くないよ。俺だって何も気にせず喋ってたし」

諦めたように笑った小野寺。そして心配そうに「彗はなんか言ってた？」と呟いた。

首を横に振ると、小野寺はホッとしたように息をつく。

「あいつのことだから本気にしてないかもね。……俺は何言われてもいいけど、彗がいろいろ言われんのはイヤだ……」

自分の気持ちがみんなにバレてしまったことや、冷やかされたり気を遣われたりすることよりも、彗に迷惑がかかるほうが悲しいのだと言う。

「俺、みんなの前で冗談だって言うから。ドッキリでしたって感じで明るくいけば、なかったことになるでしょ」

ひきつった笑顔を浮かべながら教室へ戻る小野寺。それが一番穏便に済む方法だとわたしも思う。ここまで本気の想いをなかったことにするのは心苦しいけれど、それを本人に言って責任が取れるわけでもない。

教室に戻った小野寺は明るく振る舞ってはいたけれど、クラスの人たちはどこか気を遣いながら彼と接していた。小野寺が彗に声をかけると視線が集まる。二人の邪魔をしないようにと距離をとる人もいて、その度に小野寺は「だから違うって」と笑い飛ばしていた。

「彗、ごめんな。なんか変なことに巻き込んで」

「気にしてない。誰が言い始めたんだか知らないけど、さすがに本気にはしないから」

謝る小野寺に、彗は呆れたようにそう言った。

その反応を聞いたときの小野寺の顔は、笑いながらもこれまでで一番傷ついているように見えた。

＊

『人の噂も七十五日』というけれど、七十五日経たないうちは噂というものはどんどん一人歩きしていくらしい。

元々目立つ存在だったことも相俟って、小野寺と彗についての憶測は広まっていく。

結局、噂の出どころになったのは、以前わたしたちに小野寺のことを聞いてきた五組の女子二人組だったことがわかった。マックではなく、わたしと小野寺が電車内で彗のことを話しているときに近くにいたらしい。

人気のない旧校舎の入り口を選んで、わたしと小野寺と彼女たちの四人で話す。

断片的に聞こえた言葉を軽い気持ちで人に話したらあっという間に広まってしまった、ここまでになるとは思ってなかったという二人。悪気はなかったのだと言われると小野寺も責めることができず、やりきれない表情のまま許す流れになってしまった。

二人はホッと息を吐いて、小野寺と向き合う。

「まぁ、でもさ、もし本当なんだったら、隠すよりみんなに知っといてもらったほうが晶斗もカレシとかできるかもしれないし、いいんじゃない？」

「え……」

「確かに。村瀬がダメでもさ、学校に一人くらいはそういう男子もいるかもだし」

フォローのつもりなのか、自分たちの行いを正当化しようとする二人に驚く。

違う。小野寺は男子なら誰でもいいわけじゃなくて、彗のことだけがずっと好きだったのに。叶わない覚悟があってもひたむきに思っている彼の一途な気持ちを踏み躙(にじ)られたような気がした。

「はは。本当じゃないから関係ないよ。二人とも、なんか聞き間違えたんじゃない？」

「えー、そうだったのかな。じゃあまたみんなで遊ぼうよ。普通に、カラオケとか」

「……そうだね、行こっか」

「やったぁ。約束ね」

その場を収めるために無理をする小野寺を見ていると、わたしまで苦しくなってくる。

最終的に「ごめん」の一言もないまま、彼女たちは教室に戻ろうとした。

「……待って」

歩き出した二人を呼び止める。まるで自分じゃないみたいな声が出た。

いつもの、いや、今までのわたしなら笑って流せた。それなのに。

「何？」

「えっと、なんか、もうちょっと謝ってもいいんじゃないかなー、とか」

「は？」

彼女たちも小野寺も、自分でさえも驚いている。面倒ごとには首を突っ込むべきではないと、今まで比較的冷静に生きてきたのに。

メイクの濃い目できつい視線を送られて怯みそうになる。

「小野寺と彗に気を遣って三組ちょっと微妙な空気になってるし、あなたたちの言葉で小野寺も嫌な思いしただろうし。元通り遊ぶってのもちょっと」

どうにか、小野寺が無理せずいられる流れになればいいと思った。

それに噂を否定しているのだから、ここで怒るのは矛盾している。だから小野寺は我慢して笑って流そうと努めていたのに。

本当にわたしらしくないことをしている。

自分が嫌われてもいいから友達を守りたい、なんて。

二人は顔を見合わせて眉間にシワを寄せながら口を開いた。

「てかさぁ、斎藤さんって結局何なの？　晶斗の肩持ちすぎでしょ」

「わかる。ちゃっかりいつも一緒にいるしね」

何、と聞かれたら小野寺は友達だ。

明るくて優しくて、そして同じ人を好きな、気の合う友達——……。

「おまえらが晶斗の噂流したの？」

言い返す前に、その場にいる四人の誰でもない低い声が聞こえた。

声のしたほうを見ると、渡り廊下に続くガラス戸から顔を出していたのは彗だった。

唖然としているわたしたちの元に歩いてきた彗は、小野寺の前に立って二人組を見下ろす。

「もしそうなら、いろいろ言われて晶斗が困ってるから、誤解だって学年の奴らに言ってきてほしいんだけど」

あんたたちが流したならあんたたちが訂正して回ったほうがみんな納得すると思うから、と、冷静に思いを伝える彗。それを見て驚くのと同時に、勢いのまま怒ってしまった自分は間違っていたかもしれないと気づく。

「彗……」

隣で小野寺が泣きそうな声を出したのが聞こえた。

普段物静かな彗が怒っている。友達のために動くその姿に、小学生の頃の彗が重なった。

　クラスで嫌がらせがあったり理不尽な目にあったりしている人がいると、率先して前に立ってその人を守っていたっけ。わたしは彗のそんな姿に憧れて、初めての恋をしたのだ。

　口数が減って、笑うことが少なくなっても、彗は彗だ。

「……わたしからも、お願い……」

　彗の隣で一緒に頭を下げると、二人組は、

「もういいって、わかったから」

と面倒くささそうに言って早足で去っていった。

　彼女たちが見えなくなってようやく、彗は気の抜けたような深いため息をついた。

「気づくの遅くなった、ごめん」

「いや、別に……。それに俺、お前のこと噂に巻き込んじゃったし」

「気にしてないって。つーか噂の的は俺たち二人だったんだから、お互い様だろ」

　完全に誤解だと信じ切っている彗は、そう言って優しく小野寺の肩を叩く。

　涙をこらえているのか照れているのか、小野寺は唇を噛み締めて顔を背けた。

「つーか紘乃って怒れたんだな」

「あ……わたしも自分でびっくりしてる。でも全然迫力なかったよね」

「いや、十分かっこいいよ」

今、自分も小野寺に負けないくらい情けない顔をしていると思う。二人にバレないように平静を装って笑った。

「彗」

すると、顔を上げた小野寺が真剣な声で彗の名前を呼ぶ。どこか緊張しているというのが雰囲気から伝わってくる。

「……俺さ、ずっとあのときのこと、謝りたいって思ってた」

「あのときのこと？」

「うん。中二のとき……」

空気を読んでさりげなくこの場を離れる。三年前、彗を励まそうとして踏み込みすぎてしまったことへの謝罪をするようだ。

もしかしたらいつか、好きだという想いも打ち明けるのだろうか。

わたしも逃げずに自分の気持ちに向き合わなければならない。

＊

「彗ってやっぱ、いいやつだよなぁ」

歩きながら、小野寺の呟きに「そうだね」と頷く。

放課後、わたしは小野寺を誘って一緒に帰った。小野寺もそのつもりだったようで、二つ返事で了承してくれた。

「中学で出会ったときの彗も、あんな感じだったな」

「わかる。わたしも子どもの頃のこと思い出した」

「俺さ、まぁ、いろいろ言われたけど……それでも、あいつのこと好きになってよかったって思った」

そう言った小野寺の横顔は、なんだかすっきりして見える。

眩しくて、その光に照らされた自分の影が黒くなっていくような錯覚がした。

「……あのさ、小野寺」

「何？」

最初に小野寺の気持ちを聞いた高架橋の下で立ち止まる。今日は雨の気配はない。

「わたし、気の良いことばっかり言ったくせに、どうしても二人が付き合うとかそういう姿は想像できなかった。だから、軽い気持ちで協力するなんて言った」

罪の告白をするように打ち明けるわたしに、小野寺は顔をしかめる。

自分の中の物差しで、いくら小野寺が頑張っても両想いになることはないと思い込んでいた。

だけどきっと、人と人が惹かれ合うことに性別は関係ないのだろう。

もし小野寺が気持ちを伝えたら、彗は真剣に考えて、小野寺と向き合って、前向きな答えを出す可能性だってゼロじゃないと思える。

「実は、わたしも彗のことが、好き。……今まで黙ってて、ほんとにごめん」

ここでわたしが泣くのはずるい。そう思って唇を嚙んで堪えた。

どんなひどい言葉も受け入れるつもりで打ち明けた想い。無言のままわたしの言葉を聞いていた小野寺は、大きくため息を吐いた。

「紘乃って、そんな馬鹿正直なやつだったんだ。すげー今更だし」

「……そうだよね。こんな後出しで、ずるいよね」

嫌われても罵倒されても無理はない。覚悟して伝えたつもりだった。

だけどやっぱり嫌われるのは怖い。まっすぐ目を見られずうつむいていると。

「いや、知ってたけど」

「え？」

「だから、紘乃も彗が好きだって、知ってるって。その感じでバレてないと思ってたの？」

驚いているような、呆れているような笑い。小野寺はわたしの気持ちを知っていてなお、わたしに恋の相談をしていたのだという。

小悪魔のようだと思うけれど、思えば彼は最初から彗目当てでわたしに近づいてきた。幼馴染というポジションのわたしを牽制する意味もあったのかもしれない。

「小野寺って、本気で彗のことが好きなんだね」

「だからそうだって。で？　今更俺に言ったってことは、告るの？」

「それは……」

もしわたしが告白したら、彗は何て言うだろう。せっかく再会できたのに気まずくなるかもしれないと考えたら怖い。——でも。

ジリジリとうるさい蟬の声。それに負けないよう、声を張った。

「……いつか、伝えられたらって思ってる」

これからはずっと、彗のそばにいたい。

優しくて暖かくて、でもどこか不安定で。そんな彗のことを一番近くで支えたいと願う。ただの幼馴染ではなく、できれば恋人として——……。

「ふーん」

「ごめん」

「なんで謝んの？」

「だって、小野寺は本気で相談してくれてたのに、わたしは自分の気持ちに向き合わないで隠してたから」

後ろめたさで目をそらすと、小野寺は少し間をあけてから口を開いた。

「俺、紘乃が俺の気持ちを『悪いことじゃない』って言ってくれたの、嬉しかったんだよね」

「……小野寺」

「だから、もし彗と付き合うのが紘乃だったら……まぁ、許せるかな」

今から俺たち、ライバルってことで。

小野寺はわたしの背中を強く叩いてそう言った。強すぎて痛いくらいの衝撃。彼の複雑な気持ちが伝わってくるようだった。

「でも俺も全然信じてもらえなかったし、この際ちゃんと言おうかな。当たって砕けろって感じで」

「うん。わたしも頑張る」

「はは、彗モテ期じゃん。あいつ、案外鈍感だからなー……」

前までは、何かに真剣に向き合って砕けるのが嫌だって思ってた。でも、砕けることを怖がっていたら、そんな自分を嫌いになっていくだけだ。

見上げると、かすかに紅(くれない)がかった淡い空に半透明の上弦の月が浮かんでいた。

（やっぱりもう一度、彗のことをスピカ食に誘ってみよう）

その決意と約束のことを小野寺に話したら、「それは俺は行けないな」と、切なげな表情で背中を押してくれた。

# 5　望遠鏡とメッセージ

……いつもの秘密基地で、彗は棒アイスを片手に星座盤を触っていた。

『ねぇ、なんで彗は夏が好きなの？』

『ん？　だって夏休みあるじゃん』

『えー、それだけ？』

季節の中で夏が一番好きだと言った彗。

いつも元気な彗には確かに夏が似合う。でも夏は暑いし、虫だってたくさん出るし、夏休みは魅力的だけど宿題が大変だ。春や秋が無難だと思う。

『夏休みは夜更かししてもいいんだぜ？　いっぱい天体観測できるじゃん。それに』

アイスを舐め終えた彗が空を見上げたから、わたしもつられて首を上に向ける。満天の星空の中にある夏の大三角が目に入った。

それぞれの星に名前がついているけど、わたしはまだそれを覚えられていない。

『天の川がきれいだし、夏の星空って迫力があるっつーか……観てて楽しいから』

歯を見せて笑う彗に心臓が高鳴る。

昴くんに聞かれて自覚してから、彗がまぶしく見えるようになった。一つのことにこんなに夢中になれるなんてすごい。その横顔は、星に負けないくらいに輝いている。

『いつか自分の天文台をオープンしたら、この星空をプラネタリウムにするんだ』

つい先日、学校で書いた『将来の夢』についての作文。彗の夢は『天文台の館長』になることだった。

スポーツ選手、ゲームを作る人、幼稚園の先生……似たような職業が並ぶ中で、少し浮いていた夢。だけど彗らしいし、絶対叶うとも思った。

『……ほんと、星オタクだよね』

照れ隠しでそんな可愛くないことしか言えないわたしに、『別にオタクでいいし』と小さく舌を出す彗。

そんなわたしたちを見て、昴くんはクスクス笑った。

『紘乃。今見えてるあの星が、七夕の織姫と彦星だよ』

『えっ、どれ?』

『夏の大三角のうち、二つ。この星座盤で見ようか』

小さい頃から知っている物語と結びつくなんてすごい。こと座のベガがおりひめ星で、わし座のアルタイルがひこ星。本物を見ているんだと思ったら嬉しくなる。

『なんだよ紘乃、急にテンションあがったじゃん』

『だって七夕の話ってなんかロマンチックじゃん。一年に一度しか会えないなんて』

『そうか？　相手のこと好きなんだったら、普通は離れたくないだろ』

　彗はまじめな表情で言って、それからハッとしたように顔を背けた。昴くんが持っているライトに照らされて耳まで赤くなっているのがわかる。

『彗もそういうこと言うんだなぁ』

『今のナシ！　何も言ってない！』

『なんでだよ。そんなふうに言われたら相手は嬉しいんじゃない？　ねぇ、紘乃』

『う、うん……』

　彗がそんなことを考えていたなんて。横目で彗のほうを見たら目が合ったけどそらされてしまった。

　からかわれてふてくされてる彗に、昴くんは微笑む。

『まぁ、織姫と彦星みたいに、どんなに会えなくても想い合っていられるのもすごいことだと思うけどね』

　きっと、いつでも会いたいって思うのも、会えなくても想い合えるのも、どちらも本気の恋だ。好きな人とはたくさん会えたら嬉しいけれど、もし一年に一度しか会えなくてもずっと想っていられる気がする。

子どもながらにそんな恥ずかしいことを考えた夏の夜。

それからしばらくして、昴くんはわたしに声をかけてきた。

『紘乃。彗には内緒なんだけどさ、彗の誕生日に……』

それは、わたし一人では思いつかなかったようなサプライズ。

二つ返事で了承して、彗の喜ぶ顔を思い浮かべた。

＊

「紘乃ー。俺、振られたよ」

あれから数日経った、夏休み直前。放課後の渡り廊下で小野寺はそう言った。

誰も来ないところで話したいと言われてこの場所を選んだ。少しだけ風が吹いていて、彼の長めの前髪を揺らす。軽い口調、へらりとした笑顔。だけどその声は震えていた。

誰に、なんて聞かなくてもわかる。まさかこんなに早く気持ちを伝えるなんて、驚きが隠せない。

「噂を否定する度、騙してるみたいで嫌だったからさ」

彗と一緒にいたくて若葉西高に進んだこと。どんな形でも近くにいて、また笑った顔が見たいと思っていたこと。昴くんが亡くなってからの彗が本当に心配だったこと。諦めるために他の女の子を好きになろうとしたけれど、無理だったこと。

全て包み隠さずに伝えたら、彗はどうしてか泣きそうになったのだという。

『……ごめん。俺、あんとき余裕なくて。お前が心配してくれてんの気づいてたけど、こたえる余裕なかった』

『男だからナシとかそういう理由じゃなくて、晶斗の気持ちにはこたえられない』

じっくり考えて言葉を選びながら、彗は返事をくれた。これからも変わらずにいい友達でいることを約束したらしい。

「まぁ、ダメ元だったけどな」

でも、伝えられてよかった。

好きになったのが彗で、本当によかった。

そう言って目を細める小野寺。振られる覚悟がありながら自分の気持ちに正直に行動した彼はまぶしく、敵わない存在だと思ってしまう。

夏の生温い風が頬にあたる。

乱れた前髪を手で整えた小野寺は、わたしを見て真剣な顔をした。

「……そういやあいつ、なんか意味わかんないこと言っててさ」

「意味わかんないこと？　何？」

「うん。俺が嫌なわけでも、好きな人がいるわけでもなくて。『誰とも付き合うつもりはないから』って……」

誰とも付き合う気はない。それは今だけの感情？　それとも、この先ずっとそういうつもりなのだろうか。

「なんで、そんなこと」

「俺も聞いたけど、目ぇそらしてごまかされた」

その彗の姿はあまりに簡単に想像できた。

再会してからの彗は、そうやって本音を隠してばかりだ。

「俺の想像だけどさ。あいつ、自分だけ幸せになっちゃいけないって思ってるっぽいんだよね」

自分『だけ』って、まさか、昴くんと比べているの？

彗が昴くんに対して大きな劣等感を感じているのはわかっていた。

だからといって、自分が楽しんだり幸せになったりすることを諦めて何の意味があるというのだろう。

「……彗、馬鹿（ばか）だね」

「うん。俺もそう思う。でも」

そんなあいつを救えるとしたら、たぶん紘乃だけだよ。

小野寺の言葉に驚いたけれど、それと同時に昴くんとの思い出が蘇（よみがえ）る。

『彗のそばにいてやって』

もしも天国からこの世界の様子が覗（のぞ）けるとしたら、昴くんは今ごろ彗の姿を見てハラハラしているはず。

昴くんは彗のことを大切に思っていたはずなのに。どうすればそれが伝わるだろう。

地元の駅について、二人とのたくさんの記憶をたどりながら歩く。

あのコンビニの角でよく三人でお菓子を買った。

この大きな家では昔犬を飼っていて、怖がるわたしの手を彗が引いてくれた。

学校の近くの公園に花がたくさん植えられていて、その種類を昴くんに教えてもらった。

スマホで音楽を聴いている昴くんがうらやましくて、彗と二人でイヤホンを取り合った

――……。

景色、香り、音。どこにでも、あの日のわたしたちがいるような気がする。五感と記憶

は思っていたよりも密接に結びついているらしい。

商店街にある、古ぼけた書店兼文房具店の前を通ったとき、ふと、昴くんの声を思い出した。

『彗には内緒だよ』

（……そうだ）

すごく大事な物のことを忘れていたと気づいたわたしは、小走りで家に帰ってクローゼットをかき回す。引っ越しの影響でごちゃごちゃになった荷物。わたしの部屋にはお目当てのものは見つからず、家族兼用の物置を探す。

【紘乃　小学校】と書かれた段ボール箱からようやく見つけたのは、大きめのお菓子の缶だった。

ドキドキしながらそっと蓋を開ける。

中にはたくさんの紙と、さらに小さい箱が入っていた。

缶いっぱいの紙は、昴くんとやりとりしていた手紙。それはノートの切れ端だったり、ちゃんとした便箋だったり様々。いつもそばにいる彗に聞かれないように、わたしたちはよく手紙で話していたのだ。

そして紙に埋もれていた小さい箱を両手で包み、黄色く変色していたテープを剝がす。

その中身は、黒い厚紙が貼られた瓶だった。

「よかった、壊れてない……」

……これは、昴くんと二人で作ったプラネタリウムだ。

厚紙には星座盤の通りに開けた細かい穴がたくさんあって、瓶の中にはライトが入っている。暗い部屋でライトのスイッチを入れると、壁に星座が浮かび上がる仕組みだ。星座盤を見ながら一生懸命穴を開けるわたしのことを、昴くんはケガをしそうで危ないと心配していたっけ。

いびつな北斗七星、カシオペア座、はくちょう座。彗が好きだと言った、夏の星空。

『誕生日の時期とはズレるけど、彗は夏が好きだから、夏の星座にしようよ』

そう提案したのは昴くんだった。

いつか自分のプラネタリウムを開く、彗のためのサプライズプレゼント。

彗の誕生日を迎える前に引っ越ししてしまったから、渡せずじまいでわたしが預かっていたのだ。

仕組み自体はわたしでも作れるような簡単なものだけれど、赤っぽい星は赤く見えるよう中に色付きのセロファンをつけたりライトが点滅するようにしたりと、昴くんはいろいろ工夫していた。

箱の劣化やテープの剝がれはあったけれど、瓶自体は割れていないことにホッとする。

だいぶ時間が経ってしまったけれど、昴くんの想いが詰まったこのプレゼントを渡したい。いや、渡さなきゃいけない。

【明日、話せる時間ある？】

明日の放課後にでも話せないかと彗にメッセージを入れる。

けれど、その返事は一晩経っても返って来なかった。

＊

『来月、八月十日には、月がおとめ座の一等星スピカを隠す現象、「スピカ食」を見ることができます』

彗からの返信が気になっていつもより早く起きてしまった日の朝。

家族揃って(そろ)ニュースを見ながらトーストをかじる。お天気お姉さんがスピカ食について話しているのが聞こえた。

『今年はなんと、一年に二回……十二月にももう一度観測できるんですよね』

『はい、非常に楽しみです。こちらは前回のスピカ食の映像なのですが……』

画面に三日月が映る。拡大されて、よく見ないとわからないような小さな点が月に飲み込まれていく。

「なんだか、こういうイベントにしては地味ねぇ」

目の前で母が言った。「確かに」と、父も頷く。

「紘乃は観に行くのか?」

「……行かないよ」

うちの両親は特に天体観測に興味があるわけではない。それでもわたしが彗と昴くんと星を観に行くときは快く送り出してくれた。高校生になった今も、わたしが行くと言えば多少遅い時間になってもOKしてくれるだろう。

「そういえば昨日の帰り、駅で彗くんみたいな男の子見かけたな。随分大人っぽくなってびっくりしたよ」

しみじみ言う父に目を見開く。昨日父が残業を終えて帰宅したのは二十三時を過ぎてからだった。彗がそんなに遅くまで出歩いていたなんて。なるべく家に帰りたくないと言ってはいたけれど、そこまでだとは思っていなかった。

「……ああ、村瀬さんで思い出したんだけど。この間スーパーでまた旦那さんに会ってね。紘乃ちゃんはまだ星に興味があるのかなって聞かれたのよ」

母が思い出したように言う。

「わたし？　なんで？」

「なんでもね、昴くんが使ってた望遠鏡、彗くんは要らないって言ってるらしくて。勿体ないから紘乃ちゃんにどうかって……」

それを聞いて言葉を失う。

昴くんの望遠鏡は、彗がずっと欲しがっていたものなのに。

でもそんな思い入れのある物もらえないわよね、と困り顔の母。遺品を譲り受けるのは申し訳ないと考えているのだろう。

「奥さんもね、なかなか体調良くならないみたいよ」

何か力になれたらいいけど、こればっかりはね。

そんな母と父の会話を聞きながら、自分の心のあたりが重くなっていくのを感じる。食べ終えてスマホを見ると、送ったメッセージには既読だけがついていた。

結局返信がないことを気にしつつ学校に着いて上履きに履き替えると、彗の靴箱にスニーカーが入っていることに気づいた。

時計を見ると、まだ八時前。朝練がある部活の人たちは活動しているけど、彗は帰宅部のはずだ。

早足で自分たちの教室に行くけれど誰の姿もない。

教室にいないなら、思い当たる場所は一つしかなかった。自分の席に鞄を置いて渡り廊下の先へ進む。階段の上の色褪せた扉の前に立って、そっとノックをした。

「……彗？」

いないとは思うけれど、もしかしたら。そんなダメ元の気持ちで名前を呼んだら、中からガタッという音が聞こえた。

「……紘乃？」

予想は当たったらしい。そのままドアノブを回すと、彗が言っていたとおり鍵が壊れているみたいで、少し力を入れるだけで簡単に開いてしまった。

「なんでここに……」

暗い部屋の端っこに敷かれた段ボールの上に座っていた彗は、わたしを見て慌てて立ち上がった。

「彗こそ、何してたの？　こんな早くに」

「……あー、いや、別に」

理由は話したくないのだと気づいてわたしは口を閉じる。幼馴染だからといって彗のことをなんでも知る権利があるわけじゃない。本当は、できれば知りたいけれど。

「彗、ライン見た？」

「ああ……うん」

「見たなら返事してよ」

「ごめん」

素直に謝られてしまうとそれ以上責めるわけにもいかなくなる。

沈黙に耐えきれず視線をさまよわせると、壁に飾ってある天体写真が目に入った。

それは、さそり座をメインに写した写真。赤い一等星・アンタレスがさそりの心臓のあたりで光っている。そして尾のあたりには、東の空へと伸びていく雲のような淡い光が。

まるで図鑑に掲載されているような写真に「きれい」と思わず呟く。近づいてよく見ると、写真が入っている額に小さく【三年　村瀬昴】と書いてあることに気づいた。

「あ……これ、昴くんが撮ったんだ」

天文部について調べていたときに、高校生対象の天文写真コンクールの記事を読んだことがある。もしかしたらその応募作だろうか。図鑑や写真集に載っているような、かなりクオリティの高い作品だと思う。

よく見ると、他に飾ってある写真の中にも昴くんが撮影したものがある。スピカが写っているおとめ座を見つけて振り返ると、いつの間に来ていたのか、すぐ近くに彗が立っていて心臓が跳ねた。

手を伸ばせば抱きつけるような距離。しかも真顔だったから余計に驚いてしまう。

「彗？」

返事がないまま、彗は長い右腕を伸ばして壁から写真を外した。

すぐそばにある光のない目が、知らない人のように思えた。

「……待って、なんで外して」

「話って何？」

「え？」

「ラインで言ってただろ」

返事はしないくせに内容はちゃんと読んでいたらしい。ムッとする気持ちを抑えて彗に向き直る。

「うん。実はね、昴くんと……」

ガタン。それは、彗が外した写真を棚に置く音だった。どうしてそんなことをするの。

そう聞こうとして目を見開く。

見上げた彗が、今にも泣きそうな顔をしていたから。

「……なんだよ。みんな、昴、昴って」

聞こえるか聞こえないか、というくらいの小さな声。だけどわたしの耳には届いてしまった。

「彗」

「……いや、ごめん。何でもない」

ばつが悪そうにうつむいた彗は、自分の発言に驚いているようだ。

「何でもないようには見えないよ。顔色も悪いし」

室内の暗さで最初はわからなかったけれど、彗の目の下にはクマが浮かんでいる。思わず手を伸ばすと、顔を背けられた。

「……寝てないの？」

夜遅く帰って、朝はこんなに早くから学校にいる。彗が一体どんな生活をしているのか疑問ではあったけれど、どうせ聞いても教えてもらえないと聞くのを避けてきた。

でもさすがにこんな状態の彗を放っておくわけにはいかない。いつもならすぐ引き下がっているはずのわたしが離れないことに彗は驚いているようだった。

そして唇を噛んで、僅かに口を開く。

「……眠れないんだ。家だと」

昴の存在があちこちに詰まった家。母はたまに泣きながら、昴の名前を呼ぶ。気を遣った父が明るく振る舞う。それが母の逆鱗に触れて、二人は度々喧嘩になる。

そんな家で、落ち着いていられると思う？

そこまで言って苦笑いする彗を見て、言葉を失う。緊張とも焦りとも違う衝撃で鼓動が速くなるのを感じた。

「だからって、ここで寝てたの……？」

違う。言うべきなのはこんなことじゃないのに。彼は首を横に振って「うとうとするくらいかな。結局ここでも昴のこと思い出すから」と目を伏せた。

好きな相手という以前に、彗は大切な幼馴染だ。

再会して、事情を知って、はねのけられながらも少しずつ距離を縮めていく中で、わたしが彗の心を救えていると少なからず思っていた。

だけど――……。

「あのさ、彗。そういう、悩みとか困っていることがあるなら聞くから。何でも話してほしいな」

「ありがとう。でも、別に平気だから」

柔らかな拒絶。また、線を引こうとしている。それが悔しくてわたしは大声を出した。

「っ、どっからどう見ても平気じゃないじゃん。小野寺だって心配してる。お願いだから頼ってよ」

真面目に気持ちを伝えようとしているのに、必死になるとどうしても感情的な言い方になってしまう。

上辺だけではなく心の底から彗を思っている。それなのにこの気持ちがどうしたら本人に伝わるのかわからない。

「もしかして、晶斗から何か聞いた？」

「……うん」

「そっか」

小野寺との事情をわたしも知っているのだと気づいたらしい彗は、こちらを向かないまま口を開く。

「晶斗が俺を想ってくれてるって知って、嬉しいのと同時に苦しかったんだ。それに、紘乃と科学館行ったりとか、そういうのも……。俺だけ誰かに好かれたり、楽しんだりしていいのかなって」

小野寺から恋愛の意味で好きだと言われて驚いたけれど、真剣な気持ちが嬉しかった。

わたしとの日々の会話や科学館だって、楽しいと感じていた。

だけど日常の中に喜びを感じる度に昴くんの顔が思い浮かんで、罪悪感のようなものがこみ上げてきたのだという。

「幸せになっていいに決まってんじゃん。どうしてそんなに自分を下げるようなことばっかり言うの？」

「だって、誰がどう見たって、昴が死ぬべきじゃなかっただろ……」

低く、でも震えている声がスチールの棚に反響して部屋中に響く。

再会してから……いや、子どもの頃からの記憶を辿（たど）っても、彗のこんな声を初めて聞いた。

形のいい目に涙の膜（まく）が張っている。

それに気づいた瞬間、わたしまで泣きそうになった。

「あいつのほうが、頭も良くて何でもできて、みんなに好かれてて、俺は何ひとつ敵わないのに」

「っ、彗」

「母さんだって、昴のことばっかり考えてるし。あいつはもういないのに。紘乃だって」

「彗！」

慌てて彗の両腕を揺さぶる。すぐ近くにいるのにようやく目が合った。

その顔が悲しげにくしゃりと歪む。

中学の陸上部で、昴くんのような記録を出せずにがっかりされたこと。

昴くんに倣って中学校の生徒会長に立候補したけど選挙で負けてしまったこと。

兄貴はもう少し要領よかったぞ、と、昴くんのことを知っている先生に言われたこと。

悔しくて努力すればするほど、自分と昴くんとの差を痛感してしまったこと。

そういった全てがおもしろくなくて、昴くんが声をかけてくれてもはねのけてしまったこと――……。

震える声で話してくれた、わたしが知らない二人の話。

そして。

「あの日、本当は俺も誘われてたんだ」

「え？」

「昴が死んだ日、『久々に一緒に星を観に行こう』って言われてた。……でも俺は、行かなかった」

息が止まるような、そんな感覚に陥る。

何も言えなくなってしまったわたしを見て、彗はようやく一粒だけ涙を零した。

「先生に許可取ったから、学校が終わったらここの天文台に来ないかって。渡したいものがあるからって……」

冬のある日、昴くんはこの場所に彗を誘った。

彗はすぐに『行かない』とだけ答えたけれど、当日の朝、『気が変わったらこれ使って高校まで来て』と電車賃が置いてあった。それでも彗はそれを無視した。

──昴くんが事故にあったと村瀬家に連絡が来たのは、その夜遅くのことだったそう。凍った道で、スリップした車に巻き込まれてしまった昴くん。その時間にその道を通らなければ、と誰もが嘆いたらしい。

「もし俺が一緒に行ってたら、帰る時間も違ったかもしれない」

「そんなの、」

「わかってる、ただの結果論だって。でも何か変わったかもしれないし、そもそも俺がもっと強く断っていれば星を観ないで早く帰ってきたかも。……あの日から、いろんな『もしも』が頭から離れないんだ」

きっと彗は、考えても仕方のないことだと理解しているのだ。

わかっていて、それでも自分のせいにして過去を悔やみ続ける。

劣等感と後悔。

その二つが今の彗を形作っているのだと気づいた。

「……昴には、すごい未来がたくさんあったはずなのにな」

はっきりとは口に出さないけれど、彗の考えていることがわかってしまう。

(昴じゃなくて、自分が死ねばよかったのに)

そんなこと思わないでよ。彗は悪くないよ。

お母さんだって今は混乱しているだけで、きっとよくなるはず。

未来なら彗にだってあるんだから、彗が彗らしくいられる場所で、また笑っていてほしいよ……。

思い浮かぶ言葉が全部羽のように軽く感じる。どれも今の彗の心には届かない気がして唇を噛んだ。

「紘乃。心配してくれてるのに、ごめんな」

それは今までで一番、悲しい微笑み。

昴くんと作ったプレゼントのこと、スピカ食のこと、彗を好きだということ。

伝えなきゃいけないことがたくさんあるはずなのに。

どうにか「彗」と名前を呼んだ、そのときだった。

「誰かいるのか?」

そんな声と共に、鈍い音を立てて天文台の扉が開く。慌ててそちらを見ると、学校警備員の男性がわたしたちを見て目を丸くしていた。

まずい。困惑してばかりの頭で、とっさにそれだけは理解できた。

早朝見回りをしていた警備の男性は、天文台から聞こえる話し声に驚いて扉を開けたらしい。

すぐに担任と学年主任の先生に報告されてしまった。だけど彗が冷静に「話していただけ」と事実を説明し、どうにかこの件は周りに広まらずに済んだ。

けれど、鍵が壊れていることが明るみになり、天文台にはついに新しい鍵がかけられてしまったのだった。

「まぁ、これもいい機会かもな」

少し寂しそうにそう言った彗の横顔が頭から離れない。

いつもなら「仕方ないね」と笑いながら諦めていたと思う。

だけど、今は――……。

＊

夏休みに入って最初の日曜日。

わたしは自分が昔住んでいたマンションを見上げていた。

建物自体は変わっていないように見える。でもさすがに外装がところどころ剝がれていて、七年という月日の長さを感じた。

三人の自転車を置いていた自転車置き場、マンション裏の小さな公園、交代でお世話をした花壇。それらを見た瞬間、一気に思い出が蘇ってきた。幼い頃の自分たちがまぶたの裏で駆け回っている。それだけで込み上げるものがあった。

インターフォンを押して出てくれたのは彗のお父さんで、嬉しそうな顔で招き入れてくれた。彗は当たり前のように外出しているようだ。

「すみません、急に連絡して」

「紘乃ちゃんならいつでも大歓迎だよ。どうぞ」

本当に久しぶりに入ったリビングには、不自然なくらい物がなかった。

家族写真や、昴くんと彗がもらった賞状が飾ってあった棚は、まるで引っ越し前後のように殺風景になっている。彗から聞いていた様子とは違うので驚いた。

最初にお線香をあげさせてもらう。高校生になった昴くんの写真を初めて見た。

すっかり大人の顔をしているけれど、穏やかな微笑み方は昔と変わっていない。

促されてダイニングテーブルの椅子に腰掛けると、おじさんはアイスコーヒーを出してくれた。そしてわたしの前に座る。

「お線香、ありがとうね。来てくれたのは、もしかして望遠鏡のことかな。話は聞いてると思うけど、彗はすっかり星を観なくなってね。うちでは物置にしまったきりだから、紘乃ちゃんにもらってもらえたら嬉しいな」

おじさんは口調こそ明るいけれど、表情はどこか寂しそうだ。

それもそのはず、昴くんが使っていた望遠鏡は元々おじさんの物だったのだ。昴くんがいなくなってしまったからといって手放す必要はないはずなのに。

「でもケースに、昴が付けた鍵がついててね。まぁ、ホームセンターに売ってるような物だから、ペンチで簡単に壊せそうだけど」

今持ってくるから待ってて、と立ち上がりかけたおじさんを引き留める。

「……待ってください。わたし、それをもらいに来たわけじゃないんです」

はっきり伝えるとおじさんは目を見開く。

高価だから、遺品だからもらえないわけではない。譲り受けるのにふさわしい人物がもっと身近にいるはずだ。

「彗のことを、話したくて」

きっと家族は知らない、彗の気持ち。勝手に言ったことがバレたら嫌われてしまうかもしれない。

だけどこれ以上すり減る彗も、すれ違う家族の姿も見たくないから……。

天文台での彗とのやり取りを伝えると、おじさんは言葉を失った。肩を震わせてうつむき、泣くのを堪えているように見える。

「わたし、彗は彗だよって、わかってほしいんです。だって昴くんだって、こんな家族の姿を望んでいるわけない……っ」

勝手にこんなことを言ってごめんと、心の中で昴くんに謝る。でもわたしの知っている昴くんならきっと、自分がきっかけで壊れていく家族を見たくはないはずだ。

「それに彗は、朝、こっそり天文台に行って過ごしていました。科学館で星の展示を見ているとき、やっぱり楽しそうでした。もう星は見ないって言ってたけど、本当は嫌いになんてなっていないんだと思います……」

物が少ないリビングに沈黙が訪れる。

家族の問題に首を突っ込むなんて生意気すぎただろうか。もっと穏便な言い方があったかもしれないと不安に思っていると、リビングの奥の扉がゆっくりと開いた。

「……紘乃ちゃん？」

「あ……。お、お久しぶりです」

奥の部屋にいたらしい彗のお母さんが、わたしの声に気づいて顔を出した。この町に戻ってきてから顔を合わせるのは初めてだ。記憶の中のおばさんと本当に同じ人物か疑うくらい痩せてしまっている。

ふらふらと覚束ない足取りのおばさんを、おじさんが支える。

ダイニングの椅子に座ると、わたしの顔を見て、「こっちに戻ってきているのは知ってたんだけど、ずっと挨拶できなくてごめんなさい」と弱々しく微笑んだ。

突然の事故で昴くんが亡くなってからは、車の音や他人の声がトラウマになって部屋でばかり過ごしているそう。誰がどう見ても健康的ではない様子に思わず息を呑む。

「紘乃ちゃん、彗のこともわたしたちのことも、心配してくれてるのよね」

「……」

「おばさんがこんなふうになっちゃったから、あの子もなかなか帰ってこなくなっちゃって……親失格よね。しっかりしなくちゃいけないのに」

正直、そう思ったこともあるけれど、変わってしまったおばさんを見て何も言えなくなる。

それに、今日は二人を責めに来たわけではない。

わたしは一呼吸置いてから口を開いた。

「わたしにとっても昴くんは大事な存在で、悲しくて、今でも嘘だって思いたい、です。でも、彗のことも大事で。彗は昴くんの代わりじゃないし、何も負い目を感じず幸せになっていいんだって、伝えたいのに何もできなくて」

おじさんもおばさんも、そしてきっと昴くんも。

彗のことを大切に思っているのだと彗本人にわかってもらいたい。

その方法を相談しに来たのだと言うと、おばさんの目から涙がこぼれてテーブルに落ちた。

彗、と小さく呟く声が震えている。昴、という声も混じり始めた。

そのうちに涙が止まらなくなってしまったようで、おじさんがまた奥の部屋に連れて行ってしまった。

……大人があんなに泣く姿を初めて見た。

それは高校生のわたしにとってはかなりの衝撃で、心が抉られるような、こっちまで泣きたくなるような、そんな感覚がした。

やがて戻ってきたおじさんはわたしに「大変なところを見せてごめんね」と弱々しく謝った。

彗の心がすり減っている理由が理解できる。おじさんだって辛そうだ。きっと言いたいことはあるのだろうけど、あの状態のおばさんを責めることができるはずがない。

おじさんはわたしの目をまっすぐに見てきた。

「……この部屋ね、昴の物や星を連想させるような物がないだろ？　彗が片づけたんだよ」

「え……そうだったんですか」

「うん。それにあいつは僕たちのことを気遣って、星を観るのもやめてるんだって気づいた。……気づいていたのに、言えなかった」

そう言って唇を噛み締めているおじさんはとても悔しそうだ。

「彗がそういう優しい子だって、小さい頃から知っていたのに。……特に中学生になってからは自分を抑えるようになって」

中学生の頃は、勉強でも部活でも優秀な昴くんと比べられて辛かったと彗は話していた。

「中学二年のときだったかな。彗の部活の大会と、昴の学校行事が重なってね。どちらに行くか迷っていたら、彗が『自分のほうには来なくていい。これからなんでも兄貴のことを優先してくれていいから』って言うんだ。親としてはどちらも等しく大切な息子だったのに……」

それをうまく伝えることができなかったと嘆く。

そのうちに彗は、昴くんの存在と自分を比べるようになってしまったのだ。

「それにね。昴も、彗のことをとても大切に思ってたんだよ。二人の会話が少なくなってからも、あいつは彗の話ばかりしてたし……」

どうにかそれをわかってもらえる方法があればいいのだけれど、と落ち込むおじさん。

黙っていると、何かを思い出したように「そういえば」と手を打った。

「天文台は今も入れるのかい？」

首を横に振ると、おじさんは残念そうな顔をした。

「何かあるんですか？」

「いや、実はね」

お葬式の後、昴くんが天文台に置いていた荷物を顧問の先生が届けてくれたらしい。その中には例の望遠鏡もあったのだそう。

最後の日、昴くんは学校の天文台に望遠鏡を持ち込んでいた。

だから鍵も天文台のどこかにあるのではないかと考えているのだとおじさんは言う。

「それ、彗は知らないんですよね」

「いや、話したけど、彗は反応がなかったから覚えてないと思うよ」

話を聞いてハッとする。

再会した日も、その後も。

星を見ることを避けているはずの彗が天文台にいたのは、もしかして――……。

「……わたし、探してみます」

天文台には鍵がかかってしまった。望遠鏡の鍵がそこにはない可能性だってある。

それでも、大切な人のためならこんなにも『諦めたくない』と思える。

おじさんはわたしの目を見て、「ありがとう」と頭を下げた。

＊

夏休み中の人がまばらな職員室で、天文台の鍵を開けてもらえるように頼む。

皆が渋る中、引き受けてくれたのは地理の山野辺(やまのべ)先生。

昴くんの荷物を届けてくれた『当時の天文部の顧問の先生』は、なんと山野辺先生のことだったのだ。

もちろん今も昴くんのことを覚えていて、『村瀬』という名字と顔立ちから、彗が弟だと気づいていたそう。

「お葬式にも行ってるんだけどね。彗くんは憔悴(しょうすい)しきっていたし、僕のことは覚えていないだろうね」

授業やクラス委員の仕事で彗と接する機会はあっても、あえて昴くんの話題を振ることはしなかったのだという。でもずっと気にしていたし、できれば天文部に入ってほしいと願っていたと話してくれた。地図を運んだときに天文台の話題を振ってみたけど、彗は無言だったから諦めていたようだ。

鍵を開けてもらって、先生立ち会いのもと天文台の中に入る。

山野辺先生もたまに立ち入って手入れをしていたらしく、埃臭さはなかった。

「探しものがあるんだよね？」

「はい。昴くんがいつも使っていた望遠鏡のケースの鍵を」

「あぁ、あの望遠鏡か。よく手入れされていたよ。磨きながら、弟にあげるんだって話していたんだ」

「え……」

先生の話に啞然とする。いや、自分の中にあった仮説が確信に変わった。

昴くんは、ここに彗を呼び出して、あの望遠鏡を渡そうとしていたんだ……。

「てっきり鍵は彗くんに渡したものだと思っていたけど、違ったのかい？」

「は、はい。もしかしたら、鍵だけここにあるのかもしれません」

わたしの言葉に先生は目を見開いた後、「わかった」と言って一緒に探してくれることになった。

本棚の下、ロッカーの中。

鍵が落ちていそうなところを手分けして見ていく。

すると突然、「斎藤さんは二人の友人なのかい?」と尋ねられた。

「はい。幼馴染なんです」

「そうか。村瀬はよく弟の話をしていたよ。仲のいい兄弟なんだなと僕も他の部員たちも微笑ましく思っていたんだ」

「え……昴くんが?」

「うん。成績もよくて、生徒会でも活躍していただろ。そんな優秀な村瀬に欠点があるとすれば、それはブラコンなところだなってからかわれていたなぁ」

目尻のシワを深くした山野辺先生は、懐かしむように、壁にかかっている写真を指でなぞる。

——弟の彗は行動力があって、好きなものにはとことん向き合う自慢の存在。真面目なだけの自分よりコミュニケーションも上手で、弟だけど憧れている。

耳にタコができるくらい聞かされたから今でも覚えているよ、と先生は言った。

あの頃、二人はうまくいっていなかったと彗は話していた。

そして『優秀な兄に敵うところなんて一つもない』と劣等感を抱いていた。

だけど、昴くんは……。

「やっぱり彗のことが大切で大好きだったんだ……」

自分で呟いて、泣きそうになるのを堪える。

今は泣いたり悲しんだりしている場合じゃない。

部屋中を一通り確認してから、鍵のかかった戸棚があることに気づいた。

「先生。この棚って……」

「ああ、これは歴代の活動日誌が入っているんだよ」

ガラス棚の中に背表紙が古くなった日誌が何冊も入っている。

……よく見るとその中に、深い夜空のような紺色のノートがあることに気づいた。他のものより少しサイズが小さい。

「先生。あれも日誌ですか?」

「ん? いや……他と違うな。なんだろう」

先生が鍵を開けて取り出してくれた小さいノート。

その表紙には、箔押しで三年前の西暦が書かれていた。

それを見た瞬間、心臓がドクンと脈打つ。名前が書いてあるわけでもないのに不思議な確信があったのは、この深い紺が昴くんの好きな色だったことを覚えていたからだろうか。

ゆっくりと、宝箱をあけるようにページを開く。

几帳面に書き込まれた予定。やはり手帳だ。内容をまじまじと見るのは忍びないけれど、そのきれいな字には見覚えがあった。

――昴くんのものだ。

そう気づいて手に力が籠もったそのとき、手帳に挟まっていたらしい白い封筒が落ちた。

室内に響いた、カシャンという金属の音。

それを聞いてわたしと先生は顔を見合わせる。

ようやく、彗の心をこじ開ける鍵が見つかった気がした。

＊

『……もしもし？』

ようやく彗の声が聞こえたのは、三回目の発信の後だった。電話なんて友達ともめったにしないから、いざ繋がると少し緊張する。ましてや相手は大切な人だから、余計に。

「彗。あの、いきなりごめんね」

『いや。電話なんて、どうした？』

「今日ってバイト？」

『いや、さっきあがったとこ』

時計を見ると、午後三時を少し過ぎたところだった。夏休みは主に日中にバイトを入れているらしい。次の予定は特にないとは言ったけれど、またどこかで時間を潰してから帰るつもりなのだろうか。

「……今から会えないかな？」

『え？　二人で？』

「うん」

顔を見てないけれど戸惑っているのがわかる。彗とは、天文台で話してからまともに接していなかった。ナイーブな本音を話した手前、気まずいと感じているのかもしれない。

「『幼馴染』として、彗にどうしても見せたいものがあるんだ」

好きとか、初恋の相手だとか、そういうものは抜きにして。あの頃一緒に星を観た、大事な幼馴染として彗に会いたい。

電話の向こうで、考えているような間が空く。そして彗がくれた返事は。

「……わかった。どこにいけばいい？」

学校の天文台に来てほしいと言うと驚いていたけれど、山野辺先生の許可を得ていることを伝えたら納得したようだった。

彗のバイト先は学校の最寄駅の近くだ。電話を切ってから二十分も経たないうちに彗はやってきた。制服のシャツとズボンを身につけている。夏休みなのに制服でバイト行ってるんだねと言うと、私服を考えるのが苦手なのだと返ってきた。

「意外。昔からそうだったっけ」

「ガキの頃はお下がりばっか着てたから。それなりに見えてたのかも」

「そっか」

ぎこちない空気のまま、天文台の中に入る。山野辺先生は気を遣って職員室で待っていてくれることになった。

「……もう、ここに入ることはないと思ってた」

彗は天井を見上げながら呟く。

ここに入ったのは数えるほどだと言っていたけど、きっとそれは嘘だと思う。

「見せたい物って何？」

「たぶん、彗が探してた物だよ」

目を見開いた彗に、わたしは紺色の手帳を手渡した。すぐに昴くんのものだと気づいたらしく、明らかに動揺している。

「なんで、これ。どこに」

「活動日誌の棚に紛れ込んでた。山野辺先生が、鍵開けてくれたの。……先生、昴くんのこともよく知ってたよ」

先生から聞いた昴くんの話を彗に伝える。どんなに彗が嫌な態度を取っても、昴くんは彗のことを大切に思っていたのだ。

「嘘だ」

「先生が嘘つく理由なんてないでしょ」

「そう、だけど」

信じられないのか、自分で思い込んでいたぶん、信じたくないのか。人伝（ひとづて）の言葉でダメなら最後は昴くんに頼るしかない。

恐る恐るといった様子で、彗は手帳を開いた。

几帳面に書き込まれた予定とメモ欄。学校の行事、友人との予定、そして、天体イベントのスケジュール。昴くんらしさがにじみ出ている手帳だ。

「あ……」

月ごとの予定表には、文化祭や部活の大会など彗に関する予定もしっかり記入されている。紛れもなく、弟を大事に想っていた証拠だと感じる。

そして。

【彗　誕生日】

十二月のある日曜日に赤字で書かれていた文字。

この二日前に、昴くんは亡くなってしまった。

今ならわかる。この手帳に挟まっていた封筒の中身は、彗への誕生日プレゼントだったのだと――……。

「彗。これ」

「封筒？」

「うん。手帳の後ろのページに挟まってたみたい。わたしもまだ中は見てないよ」

彗の大きな手のひらの上に、そっと白い封筒を置く。

その重さとかすかな金属音に、彗は目を見開いた。

「っ、」

そのまま急ぐように封筒を開ける。

中から出てきたのはやはり、小さな鍵だった。

「これ、望遠鏡のケースの鍵、だよね」

「……ああ」

彗が震える声で言う。封筒の中には、鍵の他に小さなカードが入っていた。

【彗、誕生日おめでとう。彗は俺の自慢の弟だから、自信持て！　昴】

そのメッセージを見た瞬間、わたしの目からは涙が溢れた。

彗の目からも雫が落ちて、カードの文字を濡らした。

「っ、馬鹿じゃねぇの。こんなの、なんで……っ」

そう言って破けてしまいそうなくらい強くカードを握りしめる。

昴くんは星が好きだったけれど、それ以上に、『大切な弟と観る星』が大好きだったんだと思う。そして、誰よりも彗のことを見ていたのだ。

「っ、う……っ、っ……！」

幼い頃みたいに泣きじゃくる彗。叫ぶような嗚咽が天文台に響く。

なんで、つまらない劣等感で昴を避けていたんだろう。

なんで、こんなにも想われていることにちっとも気づかなかったんだろう。

そんな後悔を口にする彗の背中をさすりながらわたしも泣いた。

もう一度、昴くんに会いたい。ただそれだけを思った。

「……紘乃」

しばらくすると少しずつ落ち着いてきたのか、彗はこっちを見た。涙でぐずぐずの少年のような顔。ティッシュを差し出すと彗は勢いよく鼻をかんだ。

「紘乃も鼻水出てる」

「あ……、見なかったことにして」

「いや、紘乃の鼻水とか見慣れてるし」

「もう、そんな昔のこと言って」

わたしが鼻を拭いていると、彗は赤くなった目を少しだけ細める。

「うん。そうだよな……」

いつまでも過去を見つめてばかりいるわけにはいかない。

昴くんを失っても、彗やわたしの時計の針は動き続ける。この大きな悲しみを乗り越えることはできなくても、いつかは受け止めなくてはいけないのだと思う。

「俺、二度と星は観たくないって思ってた。天体観測なんてしようとしたから昴は死んだんだって、あの日行かなかった自分だけ幸せになるのは間違ってるって」

「まだそんなこと言うの？　彗は悪くないよ」

そう言うと、彗は首を横に振る。

「俺のせいだよ。昴の気持ちを何も考えてなかった。俺、家族なんだから昴とはいつでも話せるって思ってたんだよ。星なんて曇らなきゃいつでも見られるって……」

そこで言葉を切って、彗はまたうつむく。

『いつでも』が、まさか突然叶わなくなるなんて思わない。

きっと、大事な物は失ってから気づくことが多いのだろう。

「でも俺が自分をないがしろにしたら、あいつ、怒るよな。今ならわかるよ」

嫉妬して、関係が悪くなって、兄の優しさを忘れかけていたと彗は嘆く。いなくなってからもこうして俺のこと励ましてくれるなんて、やっぱり昴には敵わないと笑った。

「あのさ。彗は昴くんになる必要なんてないんだからね。子どもの頃からずっと、彗は彗だし、昴くんは昴くんだったよ」

それは、わたしが今の彗に一番伝えたかったことだ。彗は唇を噛んで目をそらしてから、昴くんがくれた鍵をそっと撫でる。

「……うん」

少しだけ下がる目元。

きっとわたしにしかわからないくらいの変化だけれど、彗は喜んでいる。

「俺、昴の望遠鏡で、昴のぶんまで、これからもたくさん星を観るよ。昴が行きたがっていたところ、全部回る」

手帳の後ろのメモ欄には、昴くんがまとめた全国の天体観測スポットも記されていた。北海道から沖縄まで、大学生になったらお金を貯めて回るのだという強い決意も添えられていた。

「もしよかったら、わたしも一緒に行ってもいいかな。わたしも、ここに書いてある場所全部観てみたい。何より、一人より二人のほうが楽しいと思うんだ」

二人で目に焼き付ければ、いつか天国で昴くんに会えたときにより詳しく伝えられるはずだ。そしてまた、三人で星の話をしよう。そのときはすぐそばに、焦がれたあの星があるかもしれない。

「え。二人で行くつもり？」

「ダメかな？」

「ダメじゃないけど……」

「二人が嫌なら、誰か誘う？　美羅とか小野寺とか」

「いや、嫌じゃないから。誘わなくていい」

煮え切らない様子の彗の顔を覗き込むと、目が合う。

泣いたばかりの彗の瞳は濡れていて、その中にわたしの顔が映っている気がする。このまま吸い込まれてしまいそうな、はっきりとした力強い目。

わたしよりまつ毛が長いのがうらやましかったなとか、眉尻に小さなほくろがあったな、とか。そんなことを思い出してしまうくらい近い距離に彗の顔がある。

「わかった、二人で行こう。俺も、紘乃に一緒に来てほしい」

……この先も彗といられる。もう絶対にどこにも行かないから、一番近くで彗の願いや目標が叶うのを見ていたい。

つい溢れてしまった涙を隠すためにうつむく。すると彗はわたしの顔に触れて、そっと目尻を撫でてきた。

名前を呼ぼうとした声は掠れて消えてしまった。

心臓がはねて、鼓動は速く大きくなっていく。

……彗が、好き。

涙と一緒に想いも溢れそうになった。彗も何かを言いかけた気がする。

けれど、古い時計の短針が大きく動く音が響いて、彗はわたしから体を離した。

「そろそろ、学校閉める時間だな」

「あ……ほんとだ」

特別に鍵を開けてもらっているから、山野辺先生にも迷惑をかけてしまう。二学期はここにいつでも出入りできるようになりたい。

「ねえ、彗」

先に天文台を出ようとした彗の後ろ姿に、勇気を出して声をかける。

やっぱりスピカ食、観よう。

振り返った彗は、ゆっくりと頷いて口を開いた。

「俺、今まで昴のことも星のことも考えないように、自分の気持ちに蓋してた。……でももうやめる。スピカ食、俺も観たい」

「彗……」

「紘乃、父さんと母さんとも話してくれたんだろ？　父さんから聞いた。俺もちゃんと向き合うよ。家族でギクシャクすんのなんて、昴は望んでないよな」

彗の言葉にいちいち泣きそうになってしまう自分が嫌だ。声を出したら震えてしまいそうだから黙ったままうなずくと、その手はわたしの背中をさすってくれた。

大きくて暖かい、手の温もり。彗は確かに今を生きている。

「全部、紘乃が気づかせてくれたんだよ。帰ってきてくれてありがとう」

こっちを見て笑う彗。その笑顔は本物だった。

ようやく、離れていた時間を埋めるためのスタートラインに立てた気がする。

（彗のことも、この場所も、きっと守るから安心してね）

心の中でそう昴くんに語りかけた。

# 6　それは、想い焦がれた星空

……八月十日の、夕暮れ。

マンションのチャイムを押すと、インターフォンに出てくれたのは彗（けい）だった。

『上がってきていいよ』

そう言われて、五階の彗の家へ。出迎えてくれたのは彗で、平日だけど玄関にはおじさんの靴もあった。

「今日、晴れてよかったね」

おじさんは嬉（うれ）しそうに笑いながら、袋いっぱいにお菓子や飲み物を詰めてくれていた。まるで小学生の頃に戻ったみたいだ。

「紘乃（ひろの）。俺たちに見せたい物って何？」

リビングで彗に尋（たず）ねられる。

わたしはカバンから小さな箱を取り出して彗の手にのせた。

「……これね、七年前にわたしと昴（すばる）くんが二人で作った誕生日プレゼントなんだ」

「えっ」

本当は、彗の十歳の誕生日にあげるはずだったプレゼント。七年越しになってしまったけど、ようやく彗に渡すことができた。

「サプライズするつもりだったから、彗に聞かれないように昴くんとこっそり相談しながら作ってたの。わたしが預かったまま引っ越して渡せずじまいだったんだけど……」

「……っ、まじか。開けていい？」

「うん」

箱を開けて中身の瓶を見て、彗はすぐに「プラネタリウムだ」と気づいてくれた。

「あはは。小四の頃作ったやつだから、かなり雑だよね」

首を横に振りながら彗は唇を嚙んだ。

「……すごい。これ、夏の星座だ」

「わかるの？　穴とかこんなにガタガタなのに」

「わかるよ。俺、夏の空が一番好きだから」

昴くんの言ったとおり、彗は夏の星空を見て喜んでくれた。そして手の中にある瓶を頭上にかざす。

「たぶん、俺の夢のことを考えて作ってくれたんだよな。ありがとう」

目尻を下げて、歯を見せて笑った彗。少しだけできる目のシワ、チラッと見える八重歯。

……ずっとずっと、好きだった笑顔だ。

「これ、ライトつくのかな」

「あっ、まだ試してないんだよね。昔、昴くんが入れてくれたんだけど、紘乃は開けないでって言ってて」

「ん？　じゃあ、俺が開けるのはいいんだよな」

彗は首を傾げながら、かたくしめられたビンの蓋を回した。

中を覗き込んで、ライトのスイッチに手をかけようとすると。

「あれ、なんか書いてある」

彗はそう呟いて、瓶の中からライトを取り出してじっと見る。

……そしてなぜか、焦ったようにライトをポケットの中に隠してしまった。

「彗。どうしたの？」

「いや、なんでもない」

「え、なに？　気になるじゃん」

「ほんと、何でもないから！」

言い争っているわたしたちをよそに、おじさんは手作りのプラネタリウムを手に取って眺めていた。

「紘乃ちゃん」

名前を呼ばれてそちらへ向き合う。おじさんは彗の顔を見て、うなずいてから口を開いた。

「実は陽子(ようこ)……妻は、カウンセリングのクリニックに通うようになったんだ」

「カウンセリング……」

「うん。少しずつだけど前を向けるようにね。本当はもっと早くに真っ正面から話し合うべきだったんだけど、遅くなってしまった」

病院に行くことをきっかけに、短時間ながら外出もできるようになってきたらしい。おじさんもできるだけ付き添っているとのこと。

『前に進まなきゃダメね。昴に怒られちゃう』

それを気づかせてくれたのはわたしだと、おばさんは話しているのだそう。

「紘乃ちゃんが戻ってきてくれて本当によかった。ありがとう」

おじさんの言葉に胸がつまったような感覚になる。よく見ると、彗の目の下のクマは消えていた。

昴くんは確かにこの家で過ごしていて、わたしと彗にたくさんのことを教えてくれたお兄さんだった。忘れることなんてできないし、忘れる必要なんてない。昴くんとの思い出を大切にしながら、わたしたちは自分の未来を生きていく。

「そろそろ行くか」

「うん」

わたしは、用意してもらったお菓子や飲み物を。

彗は星座盤やハンドブックを持ち、そしてケースに入った望遠鏡を担いだ。

「行ってらっしゃい、気をつけて」

おじさんに見送られながら、わたしと彗は玄関を出た。

＊

三人で何度も何度も登った坂は、記憶していたより急な山道だった。

涼しい顔で歩いていく彗に必死についていく。もっと日頃から運動しようと決意した。

「紘乃、平気？　おぶる？」

「いや。大丈夫だよ」

「そう？　ごめん、俺、紘乃のペース考えてなかったよな」

彗は歩くスピードを落としてわたしの横に並んだ。ふと、昔もこんなことがあったなと思い出す。この道を歩いていたときに、わたしが途中で転んでしまって……。

「俺、今、子どもんときのこと思い出した」

横から聞こえた言葉に驚く。

彗は遠い目をしながら空を見上げた。カナカナカナとひぐらしが必死に鳴いている。

「ここ登ってたら紘乃がこけて、俺がおぶろうとしたけどへばっちゃって。二人でぼろぼろになりながらゆっくり歩いたんだよな」

「うん……。わたしも、それ思い出してたよ」

同じエピソードを思い出していたなんて、なんとなく嬉しい。あのときは確か、昴くんが迎えに来てわたしをおんぶして帰ってくれた。

「今なら俺も、紘乃のことおんぶできるよ」

彗はこっちを見ないまま呟いた。俺「も」ってことは、今、彗も昴くんのことを思い出してるということだ。

「彗、かなり大きくなったもんね。最初びっくりした」

「うん、紘乃が引っ越してから結構牛乳飲んだ」

「あれ。彗って牛乳苦手じゃなかったっけ？」

「そうだけど、頑張って飲んだ。そしたら普通に飲めるようになったよ」

「ええ、そんなことってあるんだね」

「紘乃は？　まだトマト苦手？」

「うん。生はまだダメかな」

「そっか。あ、トマトといえばさ」

トマトが苦手すぎて、わたしのお母さんがベランダで育てていたミニトマトを、食卓に出てくる前に彗に全部食べてもらったことがあった。彗もそれを覚えていたみたいで、顔を見合わせてクスクス笑う。

坂の途中にある一際(ひときわ)大きな木を、『おばけの木』と呼んでいたこと。

雨の日にこの道を歩いたら滑って転んでしまって、昴くんから借りた本を汚して怒られたこと。

思い出話は尽きなくて、喋(しゃべ)りながら歩いていたらあっという間に目的の丘に着いていた。

「……変わってないね」

古ぼけたベンチ、伸びっぱなしの草木。

決して整った場所ではないけれどこの町のどこよりも星がきれいに見える、とっておきの秘密基地。

辺りには白いタマスダレの花が咲いている。可愛いのに毒性があると教えてくれたのは昴くんだった。

時刻は七時過ぎ。ちょうど日が落ちて、夕焼けのオレンジと夜の紺色が混ざっていく。

わたしは昔からこの瞬間が好きだった。

「まだ、夜景には早かったかな」

苦笑いしながら彗のほうを振り向くと、彗はグラデーションの空に光る一番星を眺めていた。みるみる紺色が満ちていって、二つ三つと見える星が増えていく。

高いところから見下ろす町にも明かりが灯って、『夜景』ができあがっていった。

上は星空、遠くには輝く街並み。

どこを見ても宝石のように美しい。

彗は背負っていたケースを下ろして鍵をあけた。中から出てきたのは、白い天体望遠鏡。

……紛れもなく、昴くんが使っていたものだ。

あの頃よりも傷が増えた望遠鏡を、彗はゆっくりと組み立てていく。

三脚を立て、赤道儀と鏡筒を取り付け、バランスを取る。コンパスを見ながら極軸を真北に。

これも、あの頃何度も見た光景だ。

無言のままピントを合わせた彗は、こっちを見て頷いた。

まるで三人でここに立っているような気がするのはどうしてだろうか。望遠鏡の横には昴くんがいて、覗き込むと見える星が何なのか教えてくれる。そんな優しくて暖かい思い出は、きっとこれからも色褪せずにわたしの中に残るのだろう。

そして望遠鏡といえば、大きな変化が一つある。

「学校のでかい望遠鏡も、早く使い方覚えないとな」

「そうだね。わたしも覚える」

そう、わたしと彗は二学期から天文部の復活に向けて動き出すことを決めた。

天文台を開けてもらって望遠鏡の鍵を探したとき、わたしは山野辺先生の気持ちを聞いた。

顧問だった山野辺先生は天文部を復活させたいと思っていたらしい。とはいえ、先生が生徒たちに呼びかけるのにも限界があるので、もどかしい思いをしていたのだそう。

『昴くんの想いを汲むために、わたしもこの部をなくしたくないです』

そう伝えたら、先生は嬉しそうに頷いてくれた。

天文写真コンクールへの参加や、文化祭での展示、生徒や外部の人を招いての観測会など、先輩たちが残した日誌を参考に少しずつ活動していく予定だ。夏休みが明けたら、美羅(ら)と小野寺(おのでら)にも声をかけてみようと思っている。

「これも天文部の活動になるかな」

「なりそうだよね。ちゃんとレポートにまとめられるように、目に焼き付けなきゃ」

そんな経緯があって迎えた今日は……わたしと彗と昴くんの約束が叶う日だ。

紺色の空に無数の星が瞬(またた)く。

今日の月は、低い位置で半月よりも細く輝いている。

「……長かったな、今日まで」

「うん。前のスピカ食は十年前だもんね」

「小一って……あんまり覚えてないな」

「わたしなんて何が起きたのか全然わからなかったんだよ」

だから、もう一度一緒に観よう。

あのとき彗がそう言ってくれて本当に嬉しかった。

「紘乃。今、何時?」

「八時二十五分。もうちょっとだ」

「よし」

約束の時間は近づいてきていた。

彗は月にピントを合わせた望遠鏡を覗き込んだ。

「月とスピカが近づいてる」

「ほんと？」

「うん、観て。……もうすぐはじまる」

彗は鞄から双眼鏡を取り出すと、わたしに望遠鏡を譲ってくれた。

待ち望んだ瞬間に息が止まりそうなくらい緊張しながらレンズを見る。

確認できたのは、斜めに傾いている細い月。その上側……暗く見える縁のすぐそばに青白い大きな星があった。

月とスピカが目に入った途端、なぜだかたまらない気持ちになった。だけど泣いてしまったら視界が滲んでしまうから我慢した。

双眼鏡で月を見ている彗が一歩わたしのほうへ寄る。

無意識なのかそうじゃないのかはわからない。肩が少しだけ触れた。

「あ……」

視線の先で、パッと消えてしまったスピカ。

まばたきもできないほど一瞬の出来事に驚いて、思わず手を伸ばす。

星も月も掴むことなく空を切った手。望遠鏡から目を離して肉眼で観ても、スピカの姿はなかった。

　とっさに彗のほうを見る。目が合って、堪えていた涙が溢れた。泣くのは我慢すると決めたのに。この数ヶ月で涙腺がおかしくなっている気がする。

「なんで泣くんだよ」

「なんだろう。嬉しいから……？」

「……そっか。うん。俺も、嬉しい」

　スピカ食は、決して派手ではない天体イベントだと思う。

　でも、約束を叶えられたことが何よりも嬉しくて感動してしまう。

　三人揃うことはなかったけれど、ここにはいない昴くんのぶんまで目に焼き付けておきたい。

　彗も同じなのか、それからは何も話さずまっすぐに望遠鏡を見つめている。

　それからおよそ十分後、月に飲み込まれていたスピカが再び姿を現した。今度は明るい縁から出てきたので肉眼では観づらい。望遠鏡があってよかった。

「本当に食べちゃったみたいだったね」

「ああ。吐くときも一瞬だった」

「もう、言い方」

「前見たときに『スピカは美味しくなかったのかな』って言ったら、昴にめっちゃ笑われた」

「あはは。月の好みじゃなかったのかな」

望遠鏡から目を離して、直接空を見上げる彗。

わたしも、彗も。大切な人のことを考えていた。

「……俺さ、いろいろなとこ回って星を観て、それを誰かに伝えるような……そんな仕事がしたい。天文台を開くのは難しいってわかってるけど、でも、やっぱ星に関わっていたい」

真剣な顔でそう言って、彗はそっと望遠鏡を撫でた。

昴くんはよく、『紘乃や彗、父さん母さん……周りの人が幸せなら自分も幸せ』だと話していた。自分が観たすてきな星空を、他の人にも見てもらう。それは幸せを分けることと同じじゃないのかな。

「やっぱり二人は兄弟だよね」

「え？　うん。昴のすごさには追いつける気しないけどな」

「それは関係ないって。わたしにとっては二人とも自慢の幼馴染だよ」

どっちがすごいとか、立派だとか、そんなの比べる必要なんてない。二人は兄弟だけど、それぞれすてきなところがある別の人間だ。

「あのね、彗」

「ん？」

「わたしは、誰かと比べるんじゃなくて、そのままの彗が好きだよ」

息を吐くように自然と出てしまった言葉に自分でも驚く。こんなのはまるで告白だ。

ずっと隣にいたい。触れたい。笑った顔が見たい。泣いてるときは話を聞いてあげたい。もしまた彗が暗闇で迷ったときには、わたしが光になって道を照らしたい。わたしは彗に対してそう思っている。

いずれ伝えるつもりだったけれど、心の準備はまだできていなかった。どんな言葉が返ってくるか不安になって目を瞑る。

「……それは、幼馴染としての好き？」

胸が痛い。顔が熱くなって、一気に喉が渇く。

今ならまだ戻れる。なかったことにできる。

だけど、この本気の想いを「冗談だ」とは言えなかった。

「ううん。恋人になりたい、とかの好き」

わたしの言葉を聞いて目を大きく開いた彗。

　再会したばかりで、何よりわたしたちはきょうだいのように育った幼馴染だ。そういうふうに見てもらえないことは覚悟していた。

　でも、小野寺が勇気を出して告白したように。

　昴くんが仕掛けを作って彗への思いを伝えたように。

　恋い焦がれた星を、諦めずに追いかけてみたいと決めたのだ。

「紘乃」

　暗闇に溶けそうな沈黙の後、彗ははっきりとした声でわたしの名前を呼んで顔を上げた。

「なんで言っちゃうんだよ」

「え？」

「今日、俺から伝えるつもりだったのに……」

　眉間を押さえて大きく息を吐いた彗は、一歩踏み出してわたしの目の前に立った。

　じっと見つめられて、心臓がドクンと鳴る。

　そして彗は照れたような顔でゆっくりと口を開いた。

「俺も、紘乃が好きだよ」

　時間が止まってしまったような、そんな錯覚に陥る。

「……俺の初恋は紘乃で、再会して、また好きになった」

わたし、夢を見ているのかもしれない。だってこんなに嬉しいことを言ってもらえるなんて。満点の星空と、思い出の場所。こんなシチュエーションも全て幻ではないかと思ってしまうほどだ。

「嘘、だ」

「本当だって」

「それって、恋愛の好き？」

「うん。紘乃と付き合いたいっていう、好き」

付き合う。ここでようやく、わたしと彗の気持ちが同じなのだとわかる。

「再会したときは、確かに紘乃のこと避けてた。一緒にいると昴のことを思い出したから」

「……うん」

「それでもぶつかってきてくれる紘乃にすごく救われたし……今度は俺が、紘乃のこと守りたいって思ったんだ」

「守るって、彗、大げさ……」

驚きと恥ずかしさから、可愛くないことを言って目をそらしてしまうわたし。

そんなわたしの頬に手を添えて、彗は再び目を合わせてくる。

「子どもの頃はずっとそう思ってたよ。だからいつも、近くにいただろ」

空気を読める紘乃の優しさをすごいと思いつつ、無理をしすぎないか心配していたと言う彗。そのあまりの瞳の熱量にうなずくしかなかった。

だけどわたしが覚えている限り、彗がわたしを好きなそぶりを見せたことは一度もない。もちろん仲は良かったけど、彗にはいじわるも言われたし、一緒に過ごして恋愛の話になったこともなかったのだ。

そう言うと、彗はさらに顔を赤くしながら、

「証拠、見る?」

と言った。

あの頃わたしを好きだった証拠なんてあるのだろうか。

不思議に思っていると、彗はポケットから、プラネタリウムの中に入っていたライトを取り出した。

「紘乃、プラネタリウムの瓶、開けてないんだろ?」

「うん。昴くんに言われてたから」

そう言うと苦笑いした彗は、わたしの手にライトを握らせてきた。

「よく見てみ」

その持ち手に黒のペンで書かれていたのは。

【紘乃にちゃんと好きだって伝えろよ！】

達筆で太いその筆跡は、つい最近昴くんの手帳で見たばかり。

これ、昴くんの字だ。

「……な？　昴は、俺の気持ちをわかってたんだよ」

わたしは昴くんに気持ちを言い当てられていたけれど、彗は昴くんにわたしへの想いを打ち明けていたらしい。

わたしと彗はとっくに両想いで、昴くんはそれを知っていた。今考えると恥ずかしいけれど、昴くんらしいなとも思う。間に挟まれて、きっと楽しんでいただろうな。

「伝わった？　俺の気持ち」

「……うん」

まさかのサプライズに、おどろきと笑いが混じって何を言っていいかわからなくなる。

そんなわたしの両肩に手をのせて、彗はまっすぐにこちらを見た。

形のいい目に光が宿っている。まるで星を閉じ込めたみたいだ。

「人一倍気を遣うのも、すぐ諦めて自分を犠牲にすんのも、全部、紘乃が優しい人間だからなんだよな。俺は昔も今も、紘乃のそういうところが好きだよ」

自分が傷つく覚悟で、俺の心をこじ開けに来てくれた。

環境も、人の気持ちも、目まぐるしく変わるばかりの世界。そんな中で、わたしが変わらずにいたことが嬉しかったのだと、彗は話してくれる。

そして息を吸って、目をそらさないまま言った。

「紘乃。幼馴染じゃなくて、俺の彼女になってほしい」

……胸がいっぱいになる、というのはこういうことなのかと気づく。飛び跳ねたいくらい嬉しいのに、泣きたくもある。すぐに出てこない声の代わりにこくこくと頷いた。

織姫（おりひめ）と彦星（ひこぼし）よりも長い間会えなかったのに、わたしたちはまた想い合うことができた。

そんな恥ずかしいことを思いながら深呼吸をする。

「……はい。よろしく、お願いします」

やっと絞り出した返事に安心したように彗が笑った……その瞬間。

フワリと風が吹いて、わたしの髪を優しく揺らした。

まるで撫でられたようなそんな感覚にびっくりして彗を見ると、彗も目を丸くして自分の頭を触っていた。

「今……」

今日は風のない静かな夜だ。それに、木々も草花も揺れた形跡はない。

（……もしかして）

そんなわけない。だけど彗と目を合わせたら一気に涙が出てきて、彗も涙目になって。

何かに背中を押されるように、わたしたちはぎゅっと手を握り合った。

「彗の手、あったかい」

「うん。紘乃の手も」

……ありがとう。心の中でそっと呟く。

届かないくらい遠くて暗いところにあった、まぶしい光。

恋焦がれて、でも摑めなくて、それでも想い続けた。

今やっと、伸ばしていた手が届いたんだ――……。

「彗。これからはずっと、そばにいるから」

「うん。俺も」

固く繫いだ手は、もう絶対に離さない。

幸せな気持ちで見上げた空に、一筋の光が流れたような気がした。

# あとがき

お手にとっていただきありがとうございます。

オレンジ文庫でははじめまして。五十嵐美怜と申します。

今作は、わたしを作家にしてくれた編集の方と再びタッグを組んで作った物語です。

新しい挑戦をさせていただいたこと、感謝しています。


この物語を執筆しながら、わたしは『ある二人』のことを思い出していました。

一人目は、中学生の時に初めて好きになった女の子のことです。当時は今ほどセクシャルマイノリティについて浸透していませんでしたから、自分がおかしいのかと悩んだり、少しの噂が大げさに広まってしまったり。同性だから近づくことはできるけど、相手を騙しているような気もして。なので、今作に出てくるある男の子の気持ちは痛いほどわかりました。今回は深く掘り下げていませんが、いつか描く機会があれば嬉しいです。

そして二人目は、高三の時に亡くなってしまった友達のことです。

彼女は初めてわたしのことを『親友』と呼んでくれた人でした。前述のような恋の悩みも受け止めてくれました。学校が離れて、話すことが減って、でも『いつでもメールできるから』なんて思っていました。

あの少し前、帰りの電車で久しぶりに見かけた時、どうして声をかけなかったのか。

それを何年も経(た)った今でもまだ後悔しています。

今、当たり前にあるものは、明日急になくなってしまうかもしれない。そう思って、できるだけ悔いのないように毎日を生きるようになりました。いつかまた会えたら……なんて勝手かもしれないけど、今度は彼女を笑わせられるように話のネタを集めています。


今作の執筆中に親の病気や自身の不調など様々なことが重なり、担当様、編集部の皆様、そしてカバーイラストを担当してくださったとろっち様に大変ご迷惑をおかけしました。出版までご尽力いただき本当にありがとうございました。

そして今この文章を読んでくださっている皆様に、心からの感謝を。

この物語が何か一つでも、あなたの心に残せていたら嬉しいです。

二〇二四年八月十日には、東北地方南部より西の地域で実際にスピカ食が見られる予定です。わたしも紘乃(ひろの)と彗(けい)のように夜空を見上げてみようと思います。

二〇二四年七月　五十嵐　美怜

※この作品はフィクションです。実在の人物・団体・事件などにはいっさい関係ありません。

集英社オレンジ文庫をお買い上げいただき、ありがとうございます。
ご意見・ご感想をお待ちしております。

● あて先
〒101-8050　東京都千代田区一ツ橋2-5-10
集英社オレンジ文庫編集部 気付
五十嵐美怜先生

# 君と、あの星空をもう一度

2024年7月23日　第1刷発行

著　者　五十嵐美怜
発行者　今井孝昭
発行所　株式会社集英社
〒101-8050東京都千代田区一ツ橋2-5-10
電話【編集部】03-3230-6352
【読者係】03-3230-6080
【販売部】03-3230-6393（書店専用）
印刷所　株式会社美松堂／中央精版印刷株式会社


ISBN 978-4-08-680572-8 C0193